The Sisters Karamazov

까라마조프의 자매들

◆ 이 작품은 도스토예프스키의 고전 소설
《카라마조프 가의 형제들》 속 캐릭터의 성별과 배경을 각색했습니다.

◆ 러시아어에선 성별에 따라 이름이 달라지나, 원작과의 연결성을 위해
그대로 표기합니다. 다만, 부칭을 남성형에서 여성형 또는 여성형에서 남성형으로
바꾸었습니다. 부칭은 러시아식 이름 표기법으로, 아버지의 이름을 딴 중간 이름을
말합니다.
(ex. 표도로비치→표도로브나, 이바노브나→이바노비치)

◆ 리메이크 작품인 만큼 원작의 주요 사건과 전개를 따라가나
모든 사건이 동일하진 않습니다. 어떻게 재해석되었는지 즐겨주세요.

◆ 이 단행본의 작품명, 인명 등은 웹툰 원작의 표기를 우선해서 따랐습니다.

1

The Sisters Karamazov

까라마조프의 자매들

정원사 지음

arte POP

차례

캐릭터 소개

드미트리 표도로브나 까라마조프
(미챠, 미첸카)

- 부: 표도르, 모: 아젤라이다
- 까라마조프 가의 장녀 (28세, 175cm)
- 야만인, 방탕한 퇴역 장교
- 골초, 주정뱅이, 색정녀 삼관왕
  포악하고 변덕스러움.
- 가능한 생각없이 사는 체하고 있다.
- 약혼자 카체리나를 두고
  아버지의 사업 파트너인
  그루첸카와 사랑에 빠져있다.

TMI

군에서 소문난 꼰대
유일하게 인정받던 소속이기에
가끔 군대를 아쉬워하는 모양.

이반 표도로브나 까라마조프
(바냐, 반카)

- 부: 표도르, 모: 소피아
- 까라마조프 가의 차녀 (24세, 172cm)
- 지식인, 칼럼니스트, 대필 작가
- 저열하고 천박한 이들을 경멸하는데 가족 중 그런 이가 둘이나 있다는 게 비극
- 어릴 때부터 동생인 알료샤의 보호자 노릇을 해왔다.
- 언니의 약혼자인 카체리나를 사랑하나 스스로의 명예를 위해 함구한다.

프 롤 로 그

빡
빡

갓 태어난 강아지는
진짜 귀엽다~.
꼬물거려!
거기 둘,
너무 오래 보지 마.

위험하단
말이야.

이반.
또 과보호
시작이네.
뭐야?

우리 귀염둥이 막내
알료샤가 다칠까 봐
예민해진 거 아냐?

아직 이빨도 안 난
강아지가 뭐가 무섭다고.
안 씻은 손으로
얼굴 만지지 마!
바보야,
내 말은—

아가씨 말은…

어미 개가
사나워진단 뜻입니다.

어미 개가
예민해지면
새끼를 돌보지
않게 돼요.

버려진 자식들은
굶어 죽을 테고요.

… 이반 아가씨는
그걸 걱정하신 거죠?

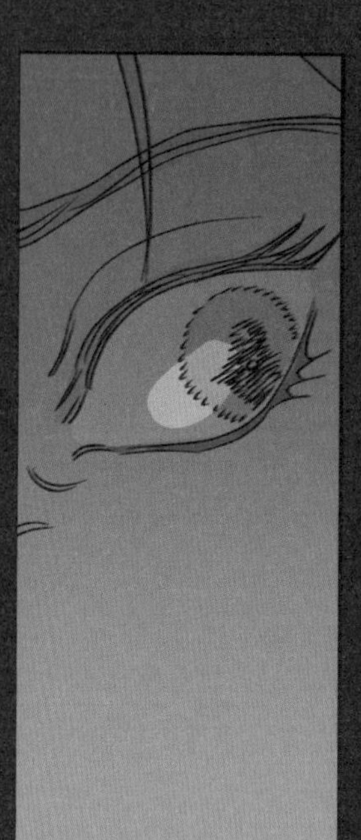

이 자식.
자꾸 내 생각을
자기 것처럼
말하네….

맞는데,
좀 비켜.
스메르자코프,
왜 또 산발이야?
귀신인 줄
알고 놀랐다.

… 마음에
안 드세요?

글쎄…
자르는 편이 낫긴 하겠지?

지저분하잖아.
앗.
알료샤!
흙 만지지 말라니까 그러네.
넌 몸이 약해서 조심해야 된단 말이야.
이리 와, 손 닦자.

드미트리,
둘이 지금
뭐 하는 거야?

강아지들이
잘 살라고
기도해 줄래.

엄마한테
버림받으면
가엾잖아….

좋아,
그럼 셋이
같이 하자.
아이들이
잘 살게 해주세요.
잘 살게
해주세요…….

알료샤.

일어나.
재판을
시작한다는구나.

많이 피곤했니?
안 자던
낮잠을 다 자고.

옛날 꿈을
꿨어.

이반 언니야말로
피곤해 보이는데.
… 잠깐.

언니, 울었어?

…
늦겠다,
들어가자.

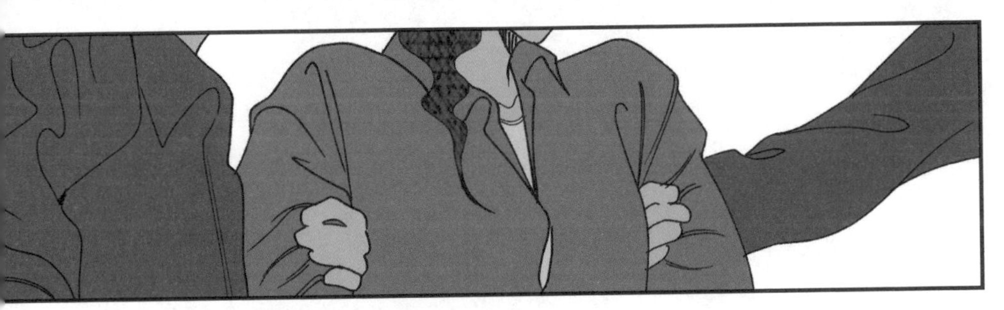

피고인,
지금 구치소에서
이송을 마쳤습니다.

날씨 한번
끝내주네.

01

돌아온 탕아

본 법정은
부친 살해 혐의로
기소된
드미트리
표도로브나
까라마조프에게

**드미트리
표도로브나
까라마조프** (미챠)
퇴역 장교,
표도르의 장녀
다음의
판결을
선고합니다.

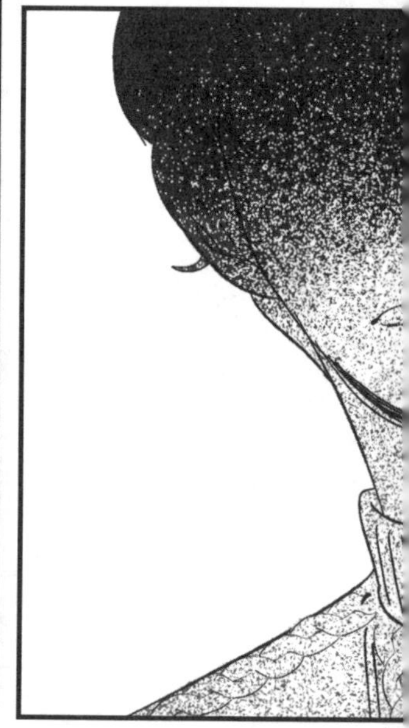

…….

…….

…….
난 괜찮아.

사건 발생 세 달 전

드미트리가 고향에 돌아왔대!

그 까라마조프 집안의
미친 장녀?
그래! 장교라더니
군대에서도
기어코 쫓겨났대!

제 아버지한테
어머니 유산을 내놓으라고
떼쓴다던데.
돈이 급할걸?

세기의
불륜
중이잖냐.
당장 약혼자한테 줄 위자료가 없으니
생떼를 부리는 거지.

애당초
그런 여자에게
과분한
약혼자였—
아니—

왜?
계속
지껄여 보시지.

아저씨.
내가 왜
장교까지 달고
군대에서 쫓겨났게?
상관 새끼
코뼈를 부러뜨렸거든.

코만 고치면
미남이겠는데.

잘생겨지게,
도와드려요?

드미트리, 그만!

그루첸카,
이 인간들이 먼저…
오늘 밤을
이런 곳에서 망칠 거야?

체크인하고 나랑 놀려면 바쁠 텐데?

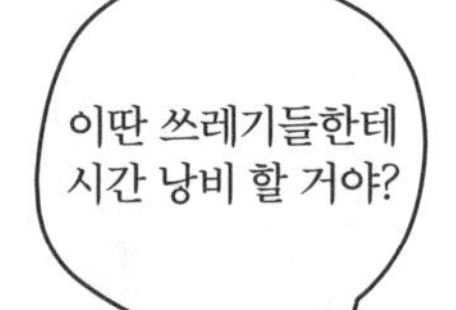
이딴 쓰레기들한테
시간 낭비 할 거야?

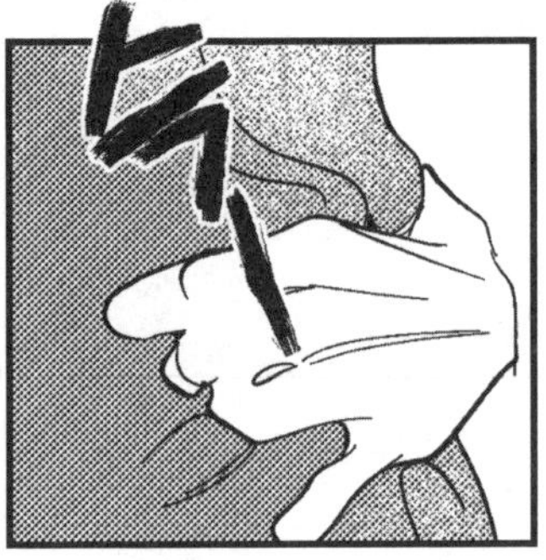

예쁜 얼굴 보고
화 풀어주면 안 되나.
아유…….

누나한테 까불래?
통하니까 까불겠죠?

어이.
ㄴ, 네!

오늘은 봐줄 테니 혀 간수 잘하쇼. 확 잘라버리기 전에.

아니, 왜 자꾸 겁을 줘요?
나 너 때문에 많이 참았는데?

저…

저 남자가 그 유명한 드미트리의 불륜 상대지?
끼리끼리 만나가지곤….

까라마조프는
대체 어떤
콩가루 집안이길래
이리 유명한가?

모든 비극의 원흉인
아버지 표도르에겐
공식적인 아내가
둘 있었는데—

첫 번째 부인은
아젤라이다,
두 번째 부인은
소피아니라.

표도르가 진정 사랑하던 것은 그녀의 재산인지라.

그리하여
그녀는 세 살배기 딸
드미트리를 버려두고
젊은 남 교사와 달아난다.

네 엄마가
네게 어마어마한 유산을 남기고
타지에서 죽어버렸다는구나.
널 버리고 도망간 게
끝내 마음에 걸렸나 봐.
그런데 어쩌지?
넌 아직 어리고, 그 돈은
내가 맡아야 될 텐데….

표도르가 전 부인의 유산으로 사업을 한다고
제 자식을 방치할 동안,
드미트리는 입주 고용인이었던
그레고리와 마르파 부부의 손에 자란다.

드미트리가 그토록 비뚤어진 이유에 대해
누군가는 양친에게 사랑받지 못한 그녀의 유년기를 탓했고,
누군가는 '원래 그렇게 태어난 괴물'이라며
그녀의 본성을 들먹였지만—

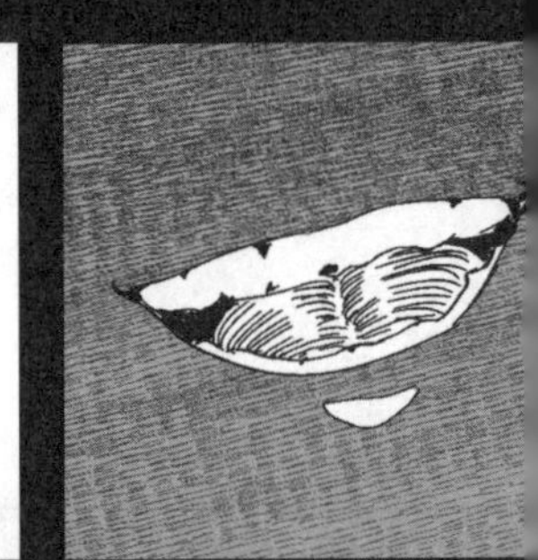

그 이유는 드미트리 자신도 모르며,
자신이 공허한 원인을
평생 누구보다 알고 싶어 하던 이 또한 그녀였기 때문에
지금은 넘어가도록 하자.

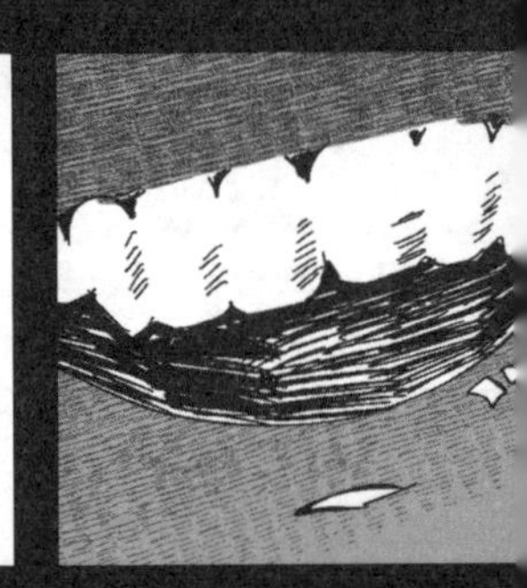

그녀의 인생을 송두리째 바꿔 놓은 것은
아버지의 방임도, 어머니의 유기도 아닌
동생들의 침입이었다.

소피아를
기리며…….
그레고리.
마르파.
저 아줌마가 누구길래
내가 장례식에 온 거야?

표도르 사장님의
새 부인이었죠.
저 꾀죄죄한 애들은
또 누구고?
아….
아가씨의
배다른
동생들이에요.
다른 거처가
정해질 때까지
일 년 정도는
같이 사셔야 할 텐데….

야.
나도
엄마 없어.
아빠는
끔찍해.
같이
복수할래?

우리 같은 편 하자.

이 복잡한 자매들은
서로의 인생에
이렇게 끼어들었는데,

때는 바야흐로
드미트리가 열두 살,
이반이 여덟 살,
알료샤가 네 살 때였다.

02

형부와 처제

바냐.
이반이라고.

그게 그거지.

뭐 읽니?

넌 되게
똑똑한가 보다!

너 같은 바보는
절대 이해 못 하는 책!
그래!

언니라고 끝까지
안 부를 거야?

커서 아빠랑 싸우려면
법을 알아야 된다던데,
난 책은 질색이란 말이야.
바냐,
너 같은 똑똑이가
도와주면
좋겠다.

널 도울 일은
20년 후에도 없을걸….

내가
네 똥 치워주는 게
벌써 몇 번째야?
이반 표도로브나
까라마조프 (바냐)
표도르의 차녀,
칼럼니스트
너 지금
나랑 장난해?

에이~
무섭게
왜 화를 내고
그래~.

지금 동네에서
네 평판이
어떤 줄 알아?
번듯한 약혼자를 놔두고
아버지의 사업 파트너랑
불륜이 난 쓰레기란다!
네 어머니 유산을
돌려받을 생각이
있긴 해?

…….
너 진짜 왜 그래?
언제는 나 보고
돈 떼줄 테니
도와달라며?

표도르, 그 영감탱이가
뭐라고 우기는지 들었냐?

그래.
아버지 말로는 네가 진작에 유산을 전부 탕진했다던데.

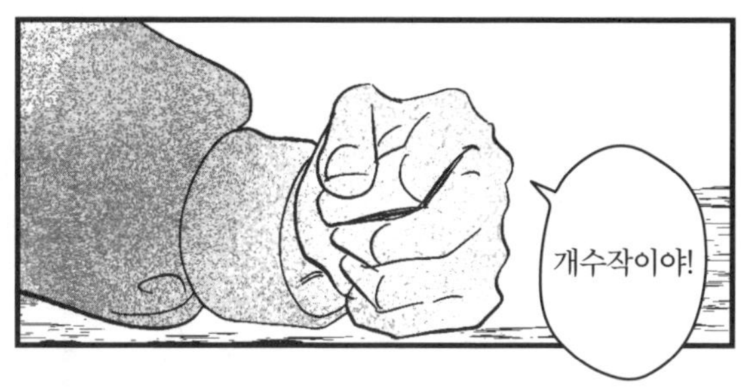
개수작이야!

세상에, 여태 먹이고 입힌 걸 장부에 다 적어놨더라!

날 키운 건 그레고리 부부와 친척들이야!
깽값 하나까지 다 적어놓은 이름만 아버지인 영감이 아니라!

하….
됐고, 정리 좀 하자. 네 몫의 유산이 정확히 얼마였다고?

몰라.

무슨 소리야.
네 어머니 유산인데
액수를 모른다고?
달리 적어놓지
않았단 말이야!

그냥 막연히
남아있겠거니 했지.
내 독립 자금
정도야….

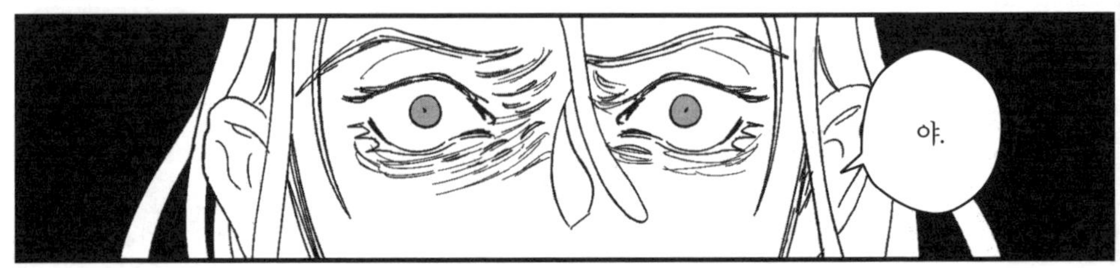
야.

나는 학비 지원 하나 없이
모스크바에서
유학생으로 지냈어.

유산은커녕
장학금을 무조건
타야만 했고,
푼돈이었던 과외비로
방세를 내고 나면
토마토로 일주일을
버텼어.

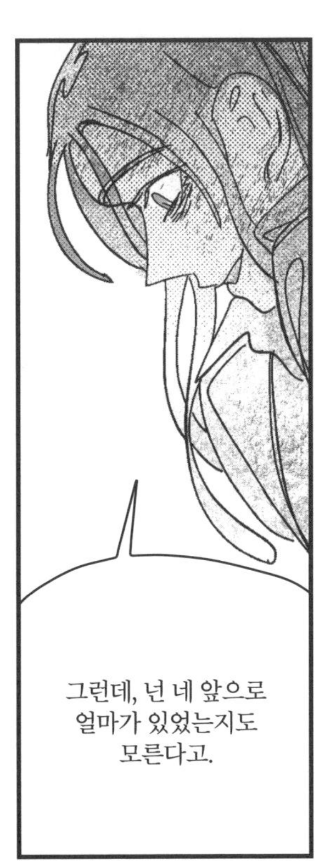
그런데, 넌 네 앞으로
얼마가 있었는지도
모른다고.

내가 콩고물 좀 받자고
이딴 철부지를 돕고 있었다니…….

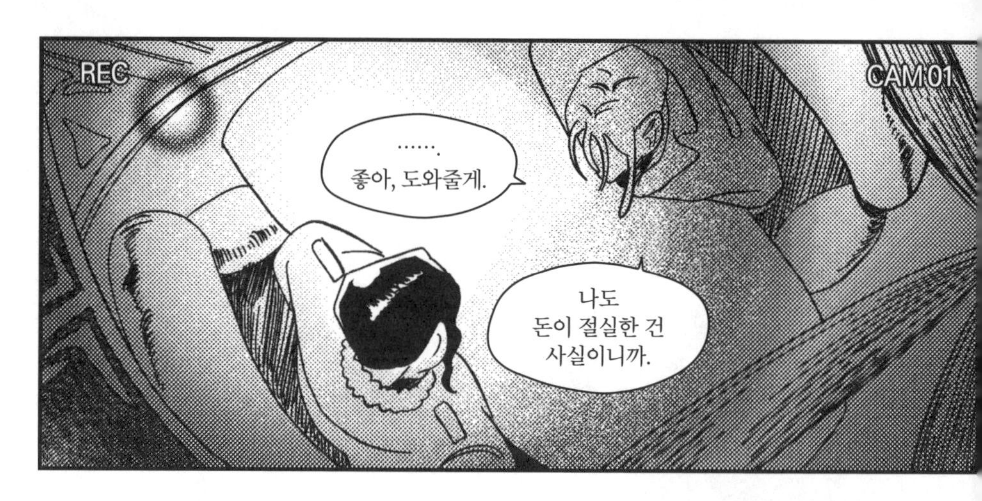
REC
CAM 01
……. 좋아, 도와줄게.
나도 돈이 절실한 건 사실이니까.

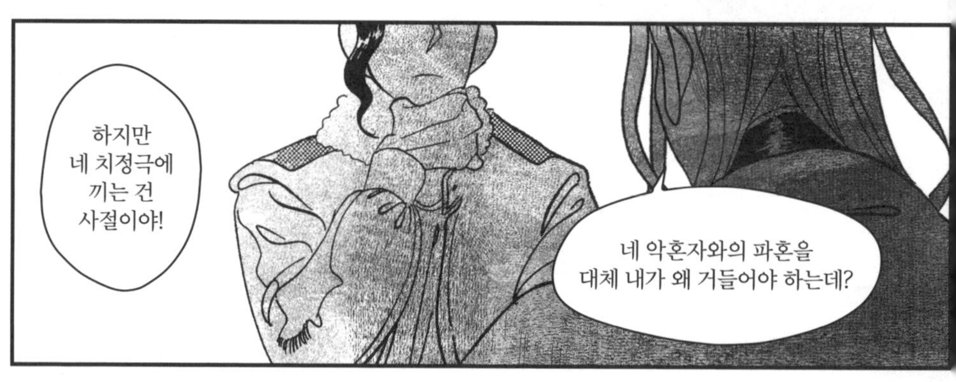
하지만 네 치정극에 끼는 건 사절이야!
네 약혼자와의 파혼을 대체 내가 왜 거들어야 하는데?

그 남자랑…
… 그런 남자랑 평범한 가정을 이룰 게 도무지 상상이 되질 않아서.

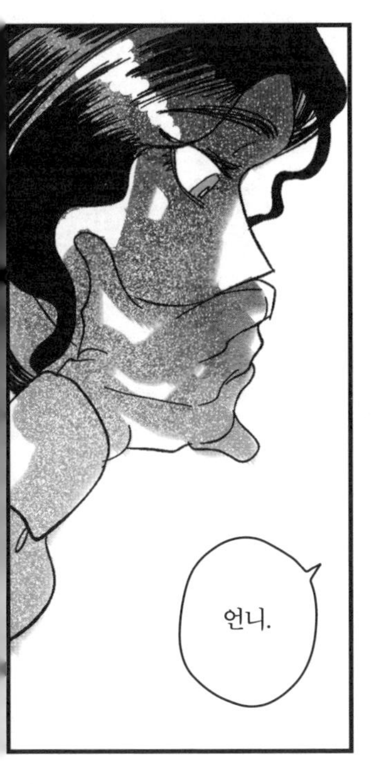

다들 막… 어디로 가.
물론 나도 내 길을 찾아가고 싶지.

남들은 어떻게 평범하게 걷는 걸까?

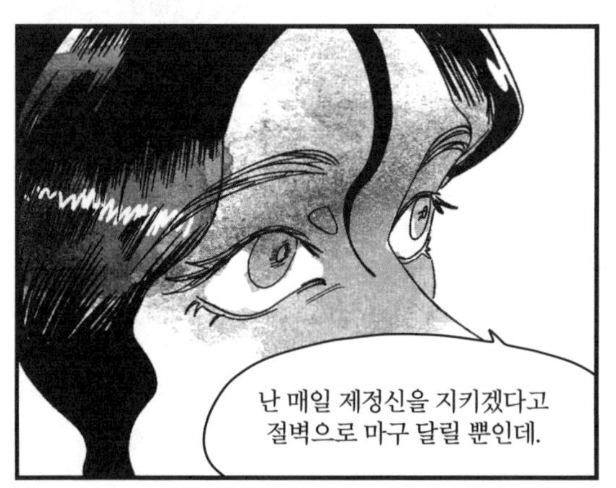
난 매일 제정신을 지키겠다고
절벽으로 마구 달릴 뿐인데.

한심한
변명이야.
하하!

너도 누군가를
열렬히 사랑해 본다면…
그래, 그땐 조금은
날 이해할 수 있을걸.

내 약혼자를
만나주겠니?
너도 그가
얼마나 끔찍한지
알게 될 거야….

며칠 뒤

이반 양,
맞으신가요?

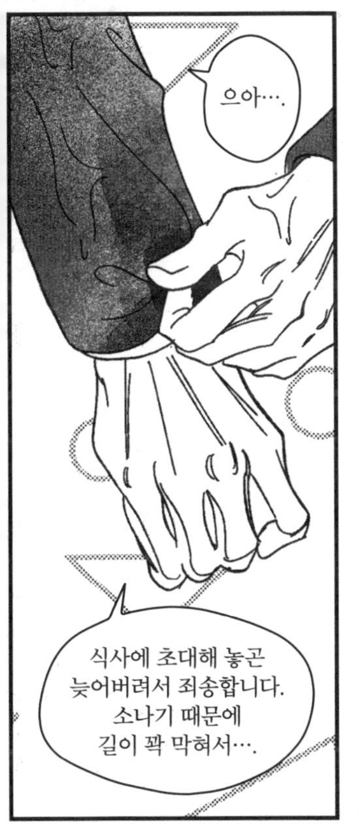
으아….
식사에 초대해 놓곤 늦어버려서 죄송합니다. 소나기 때문에 길이 꽉 막혀서….

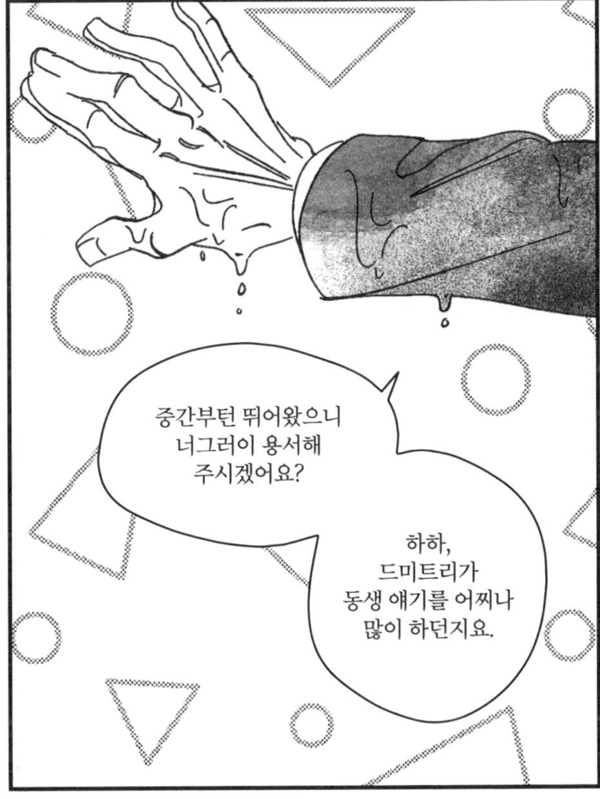
중간부턴 뛰어왔으니 너그러이 용서해 주시겠어요?
하하, 드미트리가 동생 얘기를 어찌나 많이 하던지요.

카체리나라고
합니다!
저희,
처음 뵙죠?
카체리나
이바노비치 (카챠)
드미트리의 약혼자

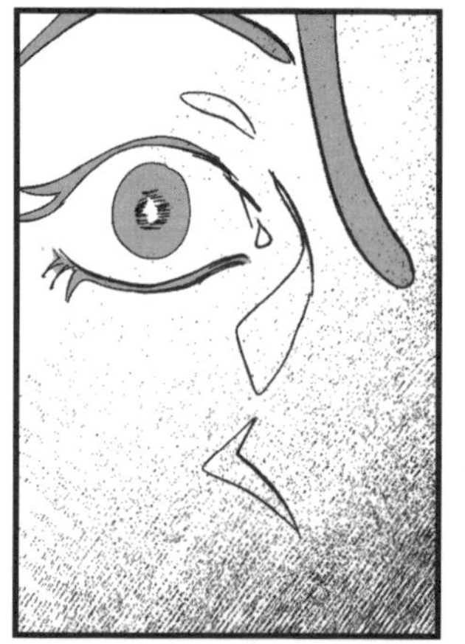

아,
어,
우아,
깜짝아….
네….

무슨 문제라도?
언니 같은 망나니에게 당신처럼 번듯한 미남이 매달리는 게 문제겠죠.
문제요?
어,
음.
카체리나는 보통 여자아이 이름이라서요?
아….
저희 부모님이 딸을 정말 기대하셨거든요.
그래야 다 키워놓으면 효도를 받는다나…. 안 어울리죠?
으악, 구시대적이네요!

… 아니! 그, 죄송합니다.

뭘요. 저도 그렇게 생각하는걸요.

*클리쿠샤: 히스테리 발작 환자를 뜻하는 은어

콜록

엄마….
많이 아파요?

알료샤는 제가 재웠어요!

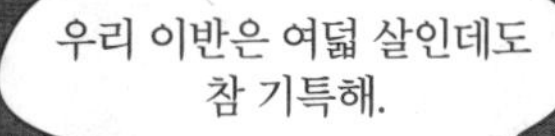
물 드릴까요?

우리 이반은 여덟 살인데도
참 기특해.
엄마 손도 많이
안 가고…….

엄마가 없으면
네가 알료샤의 보호자야.
알겠니?

…….
… 이반 양?

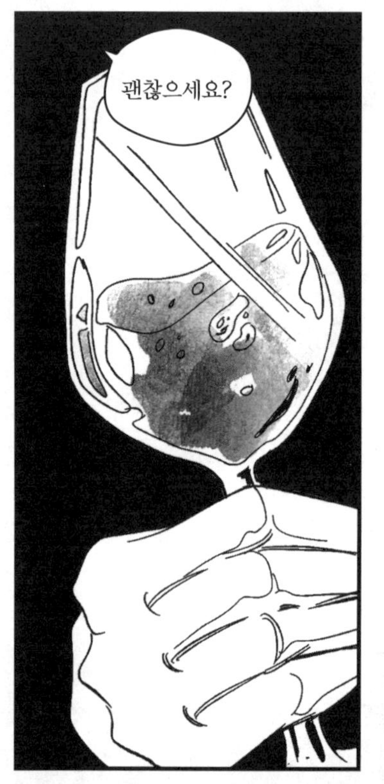
괜찮으세요?

세상에,
와인을 다 흘리셨잖아요!

여기, 이걸로
좀 닦으세요.
그, 죄송합니다.
다른 생각을 하느라…
손수건은 꼭 세탁해서 돌려드릴….

뭐가 매번 그렇게 미안해요?

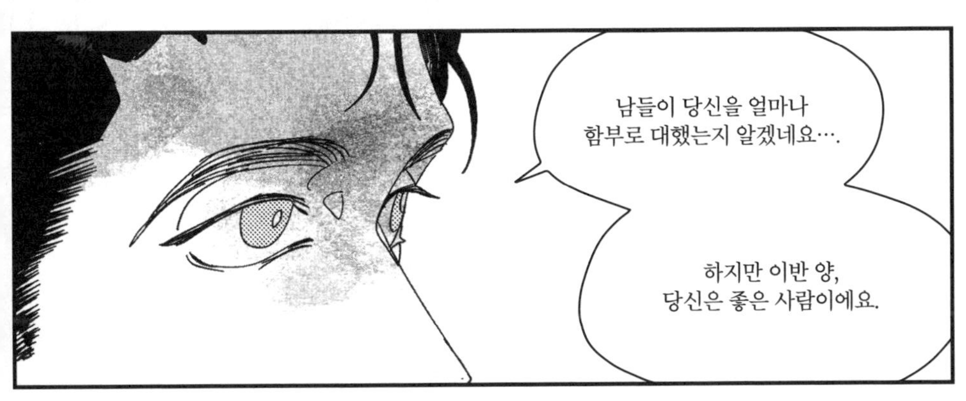
남들이 당신을 얼마나
함부로 대했는지 알겠네요….
하지만 이반 양,
당신은 좋은 사람이에요.

이런,
다 물들었네요….

망했다.
식사 후 새 셔츠를 사드릴까요?
이반 양과는 꼭
좋은 형부와 처제가 되고 싶어요.

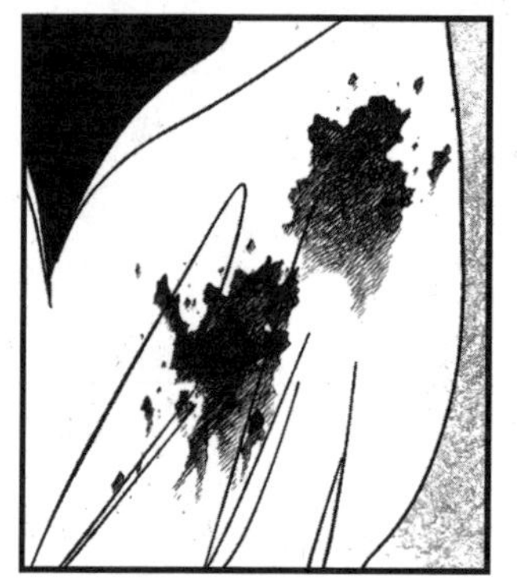

… 좋아요,
형부.
진짜
망했어.

실례합니다.
일행 한 분이 더
도착하셔서요.
참!
깜박할
뻔했네요!

네?
저 말고
또 누굴….
제 처제는
둘이잖아요?

앗!
이반 언니!
알렉세이
표도로브나
까라마조프
(알료샤)
표도르의 삼녀,
견습 수녀

당연히
알료샤 양이죠!

03

천 사 는
사 랑 을
모 른 다

실례하지요.
급한 전화라서…
금방 받고 오겠습니다.

알렉세이 양,
언니 분과 오랜만일 텐데
편히 담소 나누세요.
아, 네.

…….
오랜만이네.
여기서 다 만나고.
그게, 실은….

보험♥
드미트리 언니가
나한테도 파혼을 도와달라고
부탁했거든….
못산다!
그 자식은 대체
동생들 보기
부끄럽지도 않다니?!

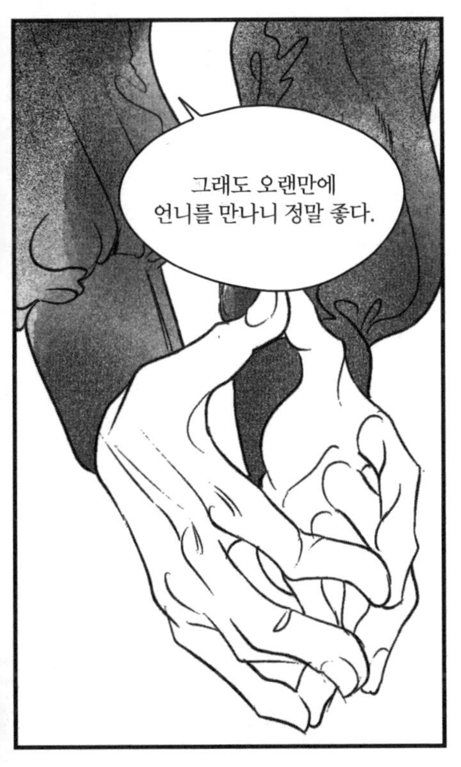
그래도 오랜만에
언니를 만나니 정말 좋다.

그야 네가 갑자기
수도원으로 떠났으니까.

네 꿈이 수녀인 줄은
미처 몰랐는데,
무슨 동기라도
있었니?
아, 그게….

알렉세이는 이상형이 어떻게 돼?

어?
글쎄,
나는 그냥…
연애에는 별로
흥미가 없어서….

에에엥?

맞나! 내는 니가
너무 이쁘장해서
우리 중에 제일
어른이지 싶었다.
에이~.

난 남자에 정말 관심 없는걸.
이거~
이거~.

사실 우리 중에
제일 눈 높은 거
아냐?
고마해라~.
아직 지 짝을
못 만났나 보다!
내가 이상한 건가?
다들 이렇게
남자에 관심이 많은데,
연애도 사랑도
꼭 필요한지 모르겠어.

남자애들은 내게
멋대로 기대했다가
맘대로 안 되면
화를 내던데…
그런 건
일방적이고
무섭기만 해….

… 그냥,
갈수록 또래와
어울리기 힘들더라고.

나도 그런 기분이 뭔지 알아.
정말?
그럼.
알료샤, 남들보다 똑똑한 건 전혀 부끄러운 일이 아니란다.

… 언니, 내 말은 그게 아니라—
사람들 무리에서 정 외롭다면, 네가 누구의 동생인지만 잊지 말렴.

응,
나는 드미트리와 이반의
동생이지.

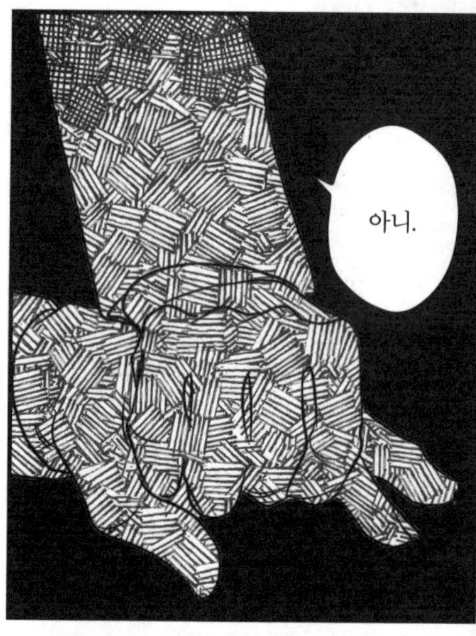
아니.

넌 그 자식이 아니라
내 동생이야.

뭐?

왜 그렇게
말하는 거야?

우리 셋이
한 자매잖아.
드미트리 언니를
왜 그렇게 싫어하는 건데?

… 갠 어떤 노력도 없이
모든 걸 가져가니까!

아,
알료샤, 난 아무것도 안 하는 사람이
제일 싫어…….

미안합니다.
제가 대화를
끊었나요?

… 아니요.
이야, 다행이네요!

전 또 절 빼놓고
드미트리 얘기를 하나 해서요!

그게 무슨….
그럼 기껏 선수 쳐서
처제들을 부른
보람이 없잖아요?

맞혀볼까요?
제 약혼녀가
당신들에게 저에 대해
무슨 말을 했을지?

그 여자.
또 파혼 얘기나 꺼냈겠죠. 제 말이 틀립니까.

저기, 드미트리 언니는 아마….
그녀의 부적절한 언행이야 이미 잘 알려져 있으니 놀랄 일도 아닙니다.
불륜 상대는 소문으로 들리는 그 사채꾼 건달이겠죠.

상관없습니다.
제 인생에
파혼은 없어요.
그녀가
제게 돌아올 때까지
기다릴 겁니다.

카체리나.
역시 안 되겠어.
그만해.
드미트리에겐
제가 필요해요.
당신은 날
사랑하지도 않잖아…….
그녀는
말하자면
해적 같아요.
낭만주의자면서
시대착오적이죠.
그리고 그들은 행복하게 살았습니다.

제가 맡긴 돈을 그 건달에게 다 줘버렸다던데,
그 빚을 갚기 전까진 절 섣불리 떠날 수도 없겠죠.

드미트리도 자신의 선택이
책임으로 돌아온단 사실을
알 때가 되었어요.

그래요.
시간이 지나면
자연스레 알게 될 겁니다.

여자라면
안정감이 필요하단
사실을요.

전 그녀의
신이 될 겁니다.

… 죄송합니다. 속이 좋지 않아 먼저 일어나겠어요.
언니, 그만 가자.

… 언니?
손님이 모두 가버리면 실례잖아. 먼저 본가에 가 있겠니?

아버지에게 가보렴.
알료샤, 너라면 껌뻑 죽는 분이시니까.
오랜만에 인사라도 드려.

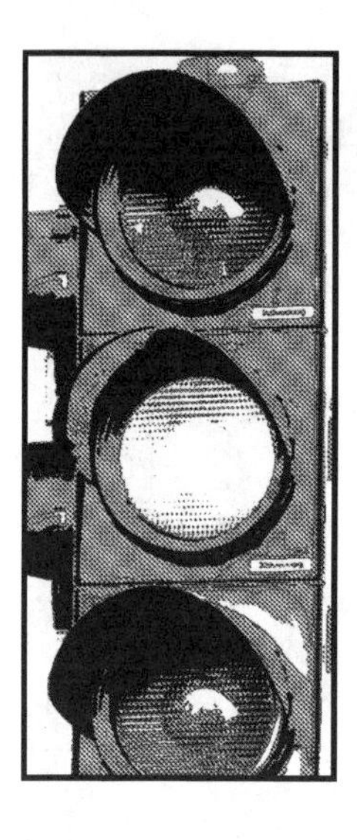

아니야.
카체리나 씨는 드미트리 언니를 행복하게 만들지 못할 거야….

알렉세이가
아직 진짜 인연을 못 만나서 그래!

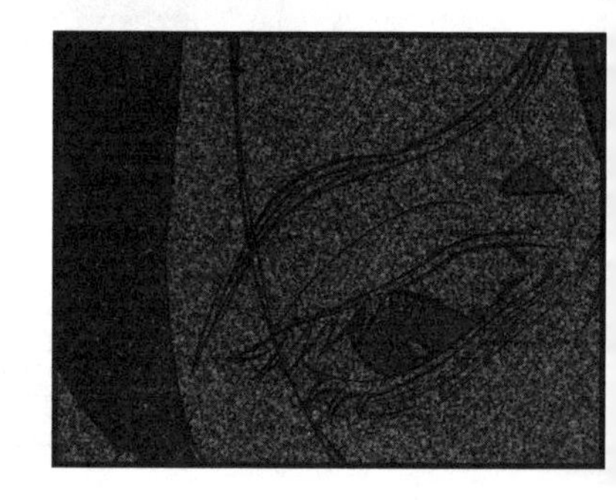

알료샤,
난 아무것도 안 하는 사람이
제일 싫어…….

이대로 있을 순
없어.
내가
드미트리 언니를
도와야만 해!
우선 아버지께
미챠 언니의 빚을
갚아달라고
부탁드려 보자.
바냐 언니 말대로
아버지는 내게
친절하시니까…….

알렉세이
아가씨?

본가에는
연락도 없이
어쩐 일이세요?

어, 어?
일났다…!
이 집에서
마주치기
제일 불편한
사람!

주인어른은
주무십니다.
… 마침 닭을 잡았으니
저녁 식사나
하고 가시죠?
스메르쟈코프…!
스메르쟈코프
(파샤)
■■의 딸,
까라마조프 가의
입주 고용인

SISTERS KARAMAZOV

04

고래들과 새우

어…

괘,
괜찮아.

방금 막 이반 언니와 식사를 하고 온 참이거든.

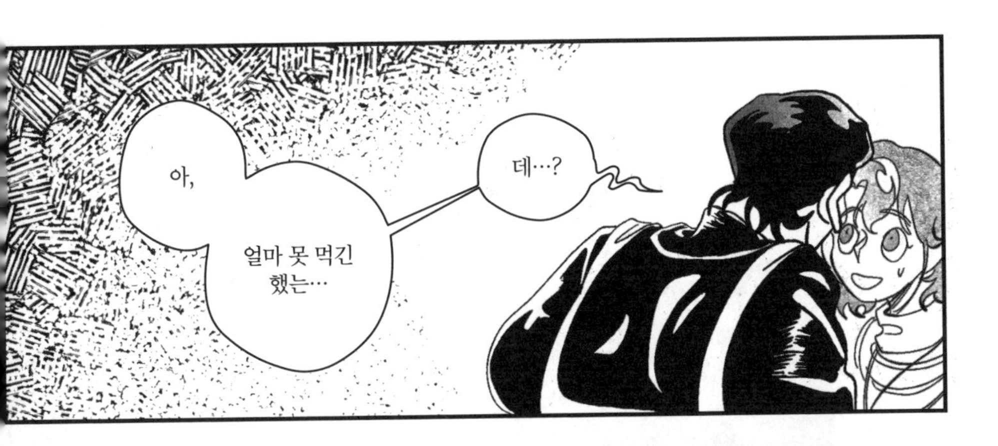
아,
얼마 못 먹긴 했는…
데…?

이거 참…
씰룩
그럼 이반 아가씨도 오늘은 제 요리를 드시지 못하겠군요.

…? 그럴걸?
닭을 괜히 잡았네요….
뭐지?
설마
이반 언니를
기다렸나?
태도가 다르네.

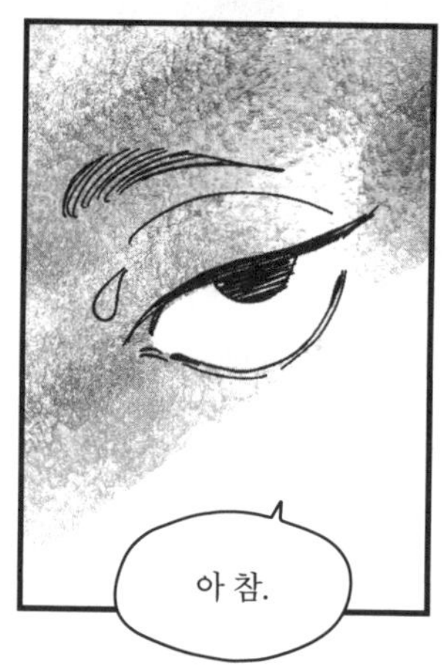
아 참.

수도원 생활은
괜찮으신가요?
어?

알렉세이
아가씨.

그럼, 다들
얼마나 친절한데!
나는 아직
견습 수녀에 불과한데도
잘 챙겨주셔!

유일한 걱정은
조시마 장로님이
편찮으신 것뿐이야.

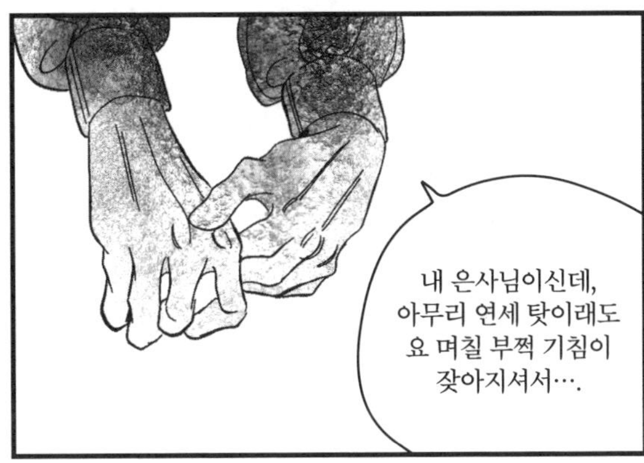
내 은사님이신데,
아무리 연세 탓이래도
요 며칠 부쩍 기침이
잦아지셔서….

저도 주워들었습니다.
마을 사람들이 그분을
존경하던데요.
어떤 고민을 말씀드려도
항상 현명한 조언을 해주시거든.
굉장하지?

내일 사장님과
드미트리 아가씨에게도
명쾌한 답을 주시면 좋겠네요.

어?
얼레?

설마 아직
소식을 못 들으셨나요?

두 분이
매번 유산 때문에
지겨울 정도로
서로 헐뜯고 싸우시니,
차라리 마을에서 가장 현명하다는
조시마 장로님께 찾아가
조언을 구해보자고
하는 걸 들었어요.

자, 잠깐만, 내일 당장?!
우리 가족들이
내가 지내는
수도원에 찾아온다고?!

걱정할 필요 없습니다.
마을 최고의 망나니와
당신 아버지가
모이는 것뿐인데요.

… 드미트리 언니는
지금 어디에 있어?

수도복을 입고 갈 만한
장소는 아닐 텐데.

자,
밀지 마요!
잠깐만…
뭐야!
죄송합니다!
지나갈게요!

EXIT
앗!

드미트리 언니!
꽈앙

엑!
알료샤!
클럽엔 어떻게
들어왔어?!

수녀 코스프레냐면서
들여보내 주던데?
언니, 코스프레가 뭐야?
못산다!

큭!

이거 은근 골 때리는
아가씨네.
말조심
안 할래?
저,
일행분은
누구신지…?

저요?

글쎄,
당신의 새 형부?
아그라페나
알렉산드로비치
(그루첸카)
대부업자,
표도르의 동업자이자
드미트리의 연인?

그루첸카!
애한테 쓸데없는
소리 할래?!
과보호 아냐?
막내가
스물이라면서요~.
그 정도면
다 컸지 뭐?

알료샤는
우리 같은 것들이랑 달라.

흐음,
그래요?
?

알료샤 아가씨,
소문의 불륜남을
만나보신 소감은
어떤가요?
사람들은 내가
남들의 간절함이나
뜯어먹고 사는 대부업자에,
임자 있는
당신 언니를
꼬드긴
요물이라던데.

아무리 미인이어도,
저희 언니를 요만큼이라도 괴롭히면
혼쭐이 날 줄 알아요!

제가
딱밤 하나는
맵단 소리 좀
듣거든요?

하하하!!!
내가
뭐랬냐

아~ 인정, 인정.
진짜 비범한
분이시네.
요즘 세상에
이렇게 겁도 없고
편견도 없다니!

그루첸카.
아깐 슬슬
가봐야겠다며?
자매끼리 있게
자리 좀
비켜주겠어?

이따 연락할게요.
퍽이나!

다음에 또 봐요,
무서운 수녀님.

쪽

사람은 좋은데,
좀 짓궂은 분 같아.
그렇게
보는 건
너뿐일걸….
그래서,
여기까지 찾아온
용건이 뭔데?

내일 아버지랑
같이 수도원에 온다며,
왜 내게 말해주지 않았어?
그 생쥐가
다 일러바쳤군?

네가 걱정할까 봐 그랬지.
괜찮아, 알료샤.
다 잘될 거야!

훌쩍

알료샤!
왜 이런 걸로
울고 그래?!
흑,
너무해….

날 정말 사랑한다면
내게도 알려줬어야지.
수도원은 내 집이고
장로님은 내 부모님이나 다름없는데,
어떻게 오면서 내게
말 한마디 안 할 수가 있어?

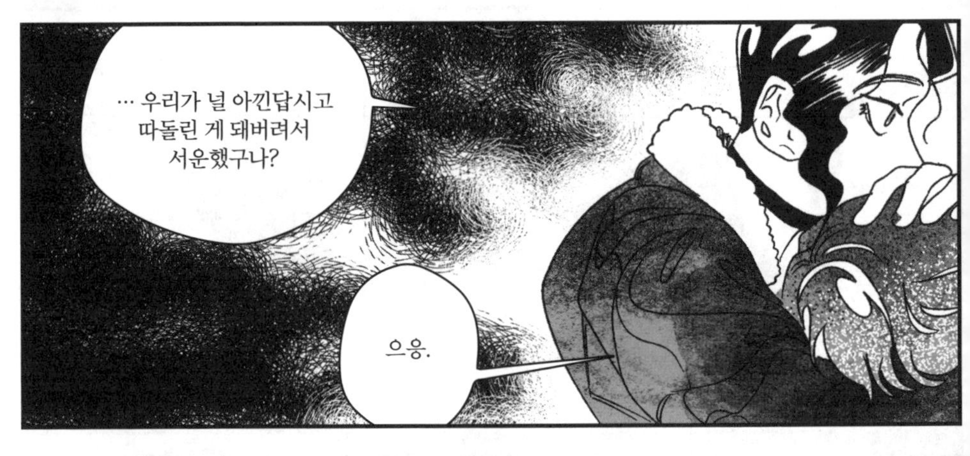
… 우리가 널 아낀답시고
따돌린 게 돼버려서
서운했구나?
으응.

나나 아버지가
어떤 사람인지 알잖아.
혹여나 우리를
부끄러워할까 봐
그랬어.
네 말대로 이젠 거기가
네 집이니까….

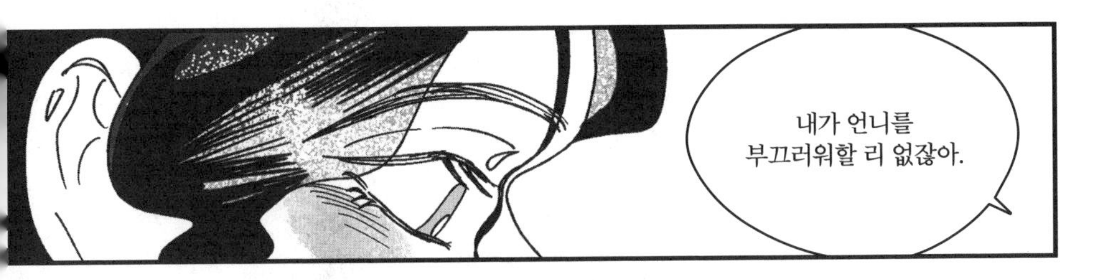
내가 언니를
부끄러워할 리 없잖아.

그럼 수녀님,
제 죄를 용서해
주시겠어요?
용서하면 용서받으니
이번만 봐드리죠.

언니.
응?
나한테
약속 하나만
해줘.

장로님이
많이 편찮으셔.
충격을 받으시면 건강에
무리가 갈지도 몰라.
아버지가 아무리 미워도,
그날만은 싸우지 않겠다고
약속해 줘.

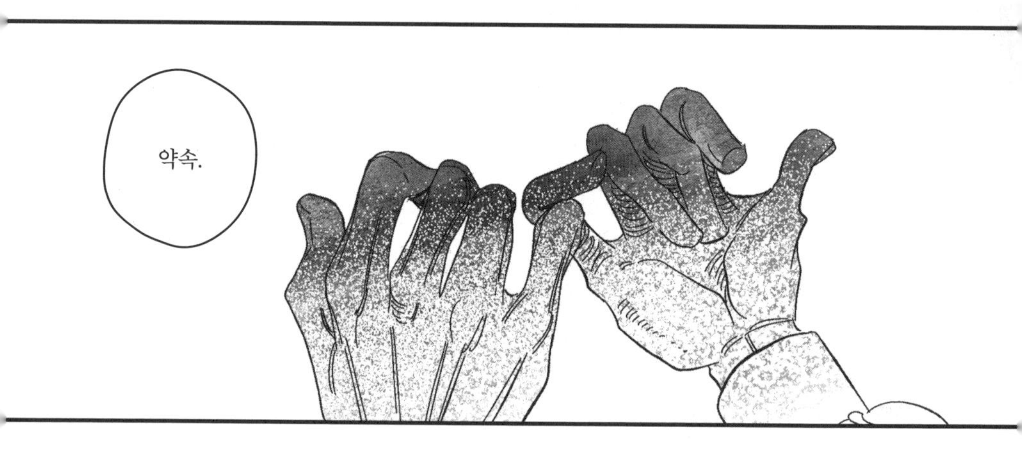

그러나 이 자매가 미처 몰랐던 것이 세 가지 있었다.

첫째, 모든 약속이 지켜지진 못한다는 것.

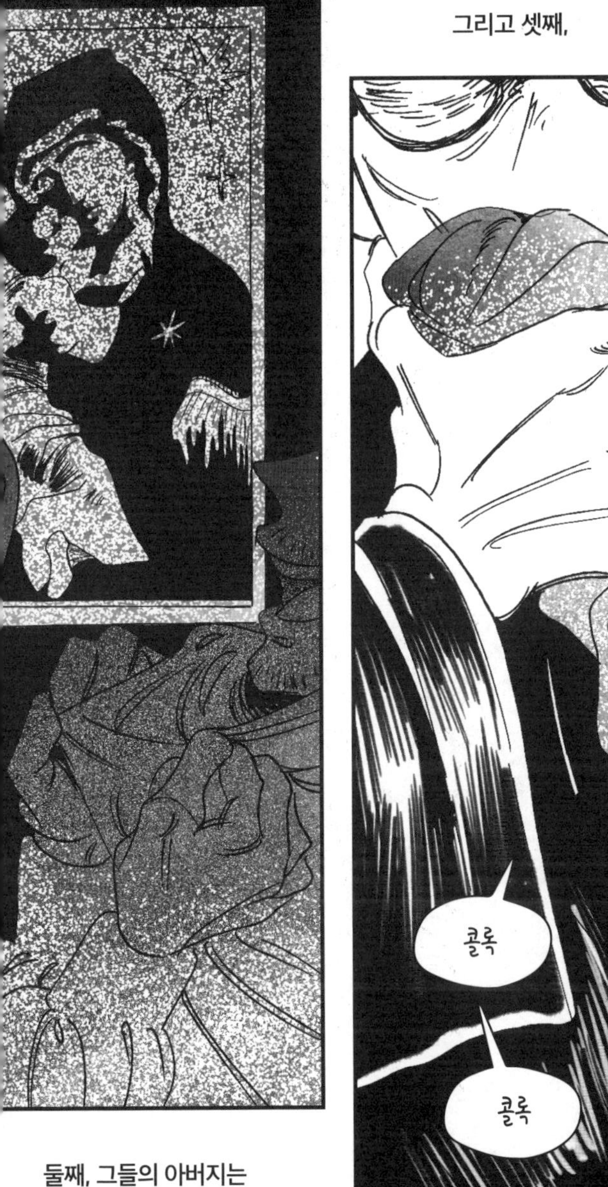

둘째, 그들의 아버지는
수도원에서도 싸울 수 있는
어릿광대라는 것.

그리고 셋째,

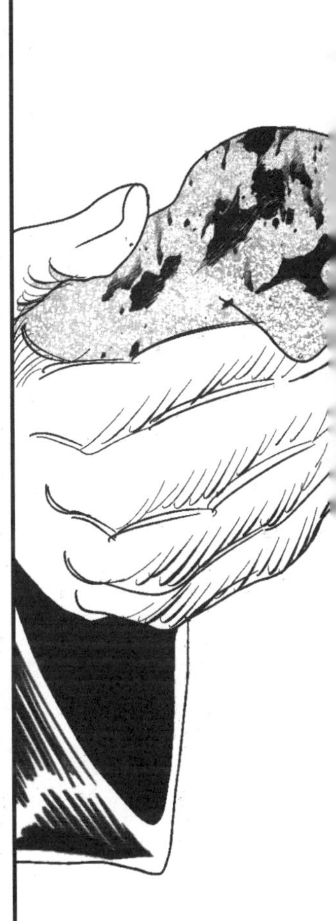

조시마 장로의
살날이 이미
얼마 남지 않았다는
것이다.

SISTERS KARAMAZOV

05

부적절한 모임

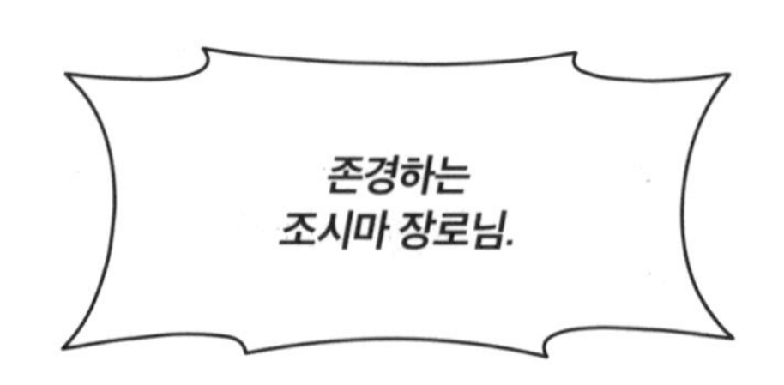
존경하는
조시마 장로님.

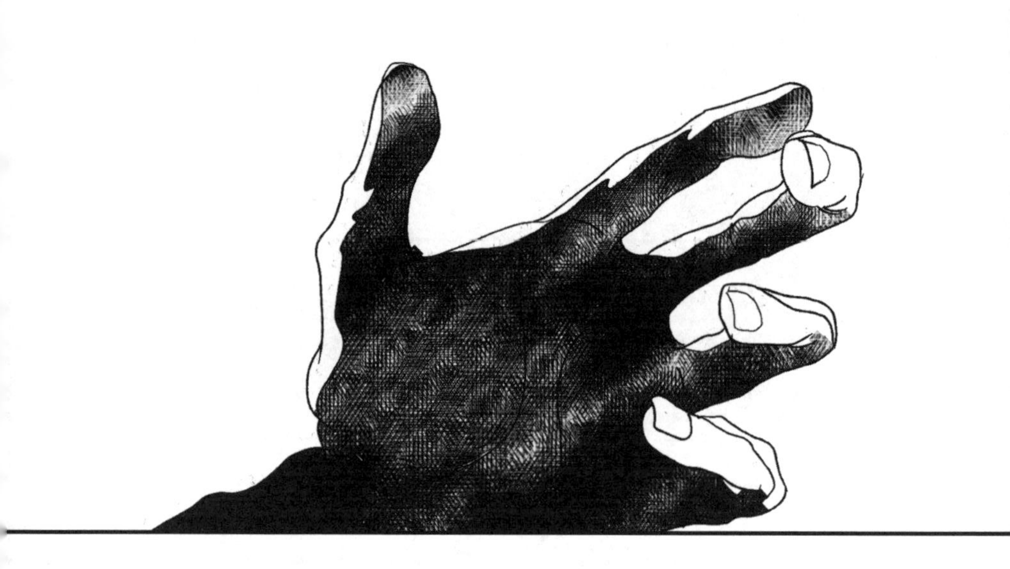

보십시오!

애당초
이 유산 싸움은
순 억지입니다!

전 이미
'제 사랑하는 딸'에게
아내가 남긴 돈을
모두 돌려줬습니다!

우웩.
더군다나
드미트리는 이 자리에
코빼기도 안 보이는데,

스스로 생각하기에도
부끄러운 게 아니겠습니까?
언니, 왜
안 오는 거야?
벌써
한 시간이나
지났는데….

표도르 씨,
진정하세요.

전 드미트리 양의
입장도 들어보고
싶습니다.
드미트리 양이
올 때까지
기다려 보죠.
조시마
수도원의 장로,
알료샤의 은사

장로님의 시간이
얼마나 귀한데,
이게 대체 무슨 민폐람?

가뜩이나 편찮은 분이
이런 족속들한테 시달리다니.

알렉세이, 견습 수녀 주제에
장로님의 총애를 받길래
좀 다른 혈통인가 했는데
가족들은 형편없구나?

라키친,
우리 가족한테
말조심—
이봐요!
뛰지 마세요!

자, 장로님.
늦어서
죄송합니다.

홱
저 빌어먹을 영감이
제게 약속 시간을
한 시간이나 뒤로
속였습니다!

그럴 리가.
스메르쟈코프가 네게
잘못 말해준 게 아닐까?

사장님이
그러시다면
제 실수인가
봅니다.
거봐~.

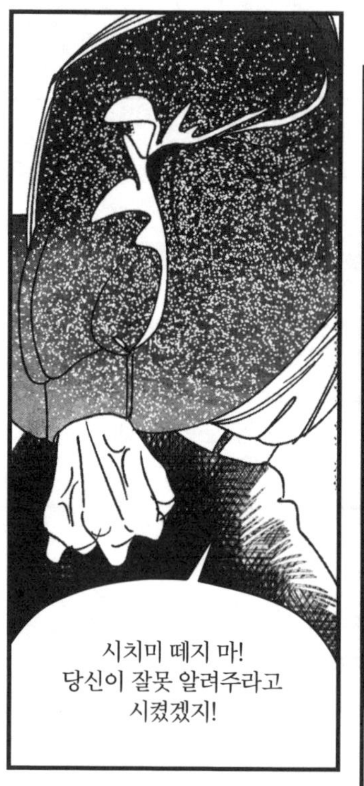
시치미 떼지 마!
당신이 잘못 알려주라고
시켰겠지!

속은 사람이
얼간이 아니야?
남 탓만 하며
화내는 꼴을 보자니,

넌 네 엄마랑
똑 닮았구나.
멈칫

이거 야단났군.

안 돼.
드미트리 언니에게
어머니 얘기는 금기인데…!

… 차, 참기로
나랑 약속했으니까
괜찮을지도….

더러운 입으로
감히 어머니를
들먹이지 마.

어머나,
널 버리고 간 어미에게
유대감이라도
느끼니?

닥쳐!

효심이 눈물겹다만,
그래봤자 네 엄마는
널 혐오스러워했거든….

드미트리
언니!!!

징그러운 새끼야,
닥치라고 했잖아!

저, 저, 여기가
어느 안전이라고…
누가 좀 말려봐요!
날 언제까지
괴롭힐 거야?!

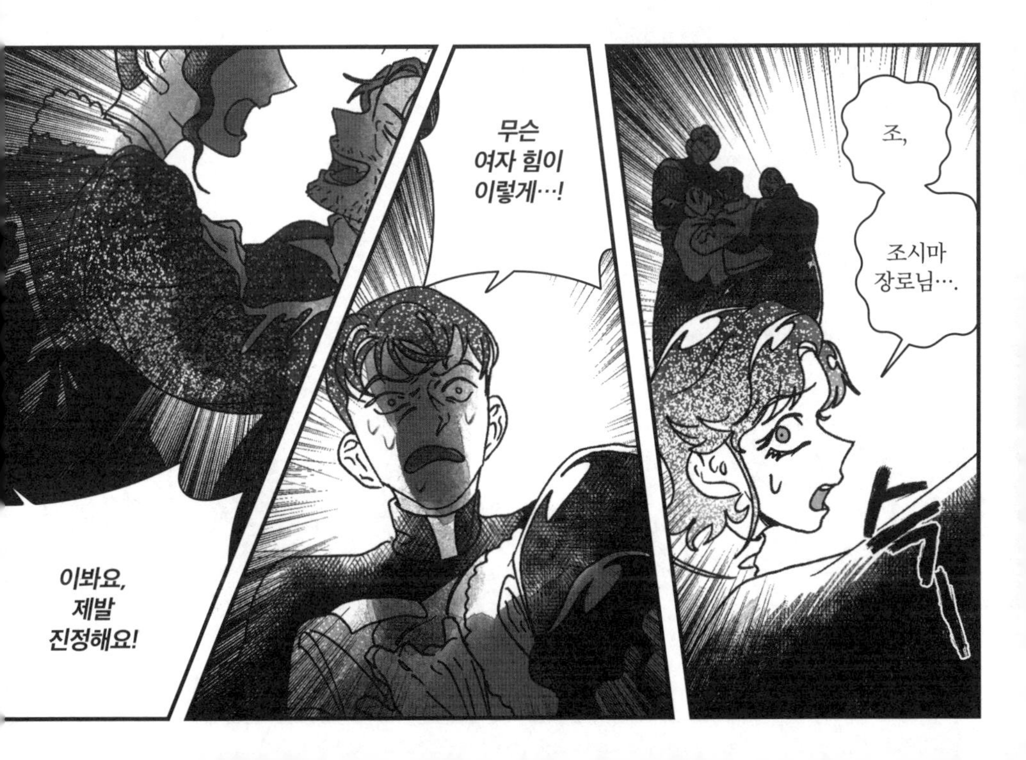
조,
조시마
장로님….
무슨
여자 힘이
이렇게…!
이봐요,
제발
진정해요!

용서하세요.
미안합니다.
용서하세요.
장로님! 대체….
용서하세요….

나는,
이러려던 게….

이봐요!
어딜 도망가는….
놔두거라.

표도르 씨,
오늘은 이만 돌아가시죠.
원하는 답을 못 드려 죄송합니다.

그게 무슨, 읍, 읍—
덥석
그러죠.
저희 식구도 신성한 장소에서
더 이상의 소동은 원치 않습니다.

아버지,
제발 알료샤를 더 이상
곤란하게 만들지 말고,
닥치고 나가죠.
이반 언니…
고마워….
참, 알료샤.
내 방으로
오렴.

책망하려 부른 게 아니니
죄인처럼 앉아있을 필요 없단다.
마침 좋은 차가 들어왔는데,
좀 들겠니?
괜찮습니다.
장로님,
그보다 아까는….

아하, 내가 왜
네 언니에게 무릎을 꿇었는지
묻고 싶은 게로구나.
끄덕

풀썩
흠.

믿기 힘들겠지만,
드미트리 양은
젊은 시절 나와
꼭 닮았더구나.
난 방탕한 군인이었단다.
어려서부터 적을 많이 만들고 다녔어.
그의 앞에 어떤 고행길이
놓일지 아는 선배라고나 할까.

무슨 허풍이냔 표정이구나? 뭐, 안 믿기면 어쩔 수 없고. 핫핫핫!
으아, 체통 없으셔….
어쨌거나 내 눈에는 네 언니의 고된 앞날이 보였단다.
인생의 후배가 지치지 않도록 늙은이가 미리 위로해 드렸을 뿐이야.

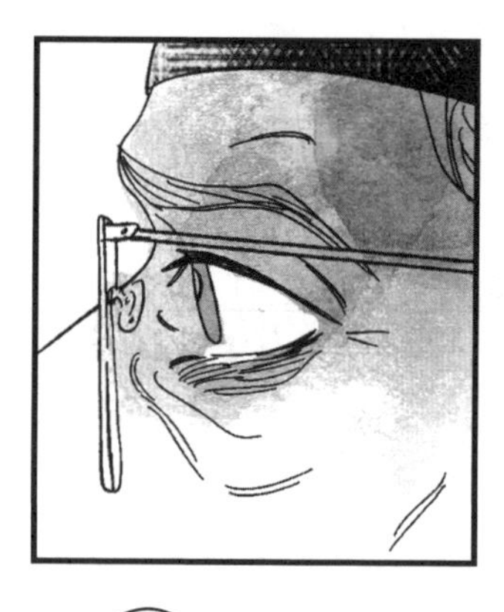

알료샤.
네?

각혈이 멈추지 않는다. 아무래도 내 살날이 얼마 안 남은 모양이야.
내가 죽으면 수도원을 떠나거라.

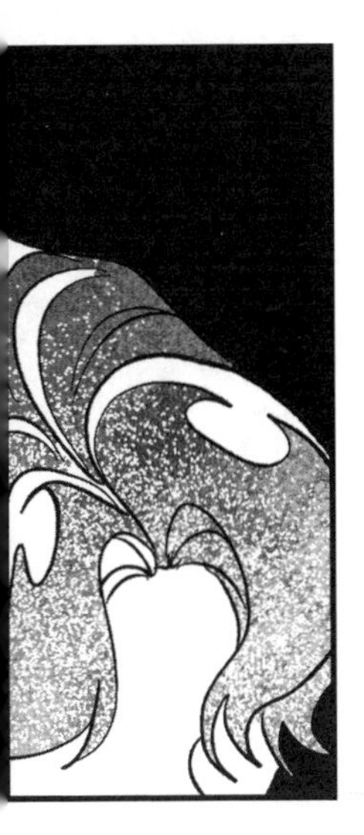

반드시
여길 나가야 해.
수도원은
고인 물이나 다름없다.
곧 악취가 풍길 거야.

부디 네가 밖에서
더 많은 것을 보고
배우면 좋겠구나.

알료샤,
넌 내 손녀나
다름없잖니….

난 늘 네가
자랑스러웠단다.
내 걱정을 하느라
이런 곳에 묶여있을
필요 없어.

그러기엔 넌 아직 젊고,
어디서든 잘 해낼
아이야….

가족들에게
분명 네가 필요할 거야.

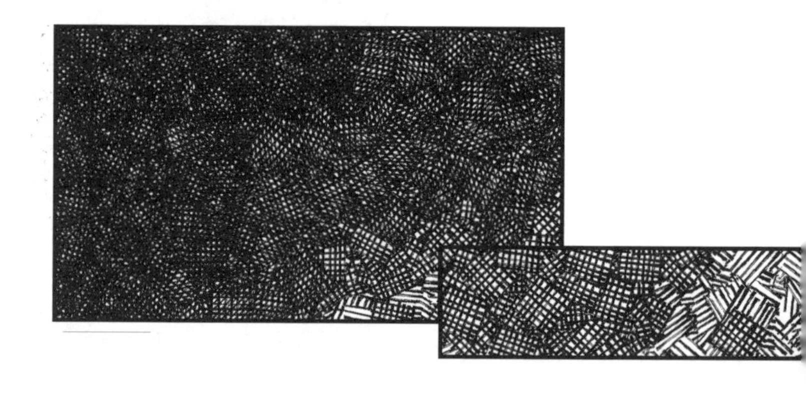

저벅
저벅

어?
물컹~

이건…
이반 언니 손수건이잖아.
아까 흘렸나 보다.
아끼는 것 같던데….

돌려주려면
집으로 가야겠지.

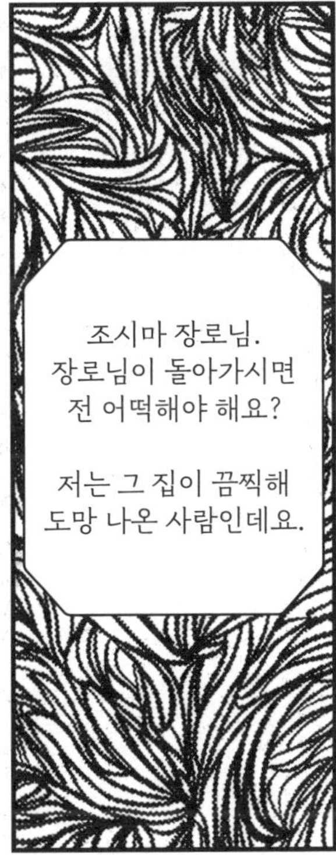
조시마 장로님.
장로님이 돌아가시면
전 어떡해야 해요?
저는 그 집이 끔찍해
도망 나온 사람인데요.

무서워.
…… 하지만 장로님이,
세상에서 가장 현명한 분이
날 믿는다고 하셨어.

돌아가 보자,
집으로.

06

그 하인

소문 들었어?
표도르 씨가 고아를
입양해 왔대.

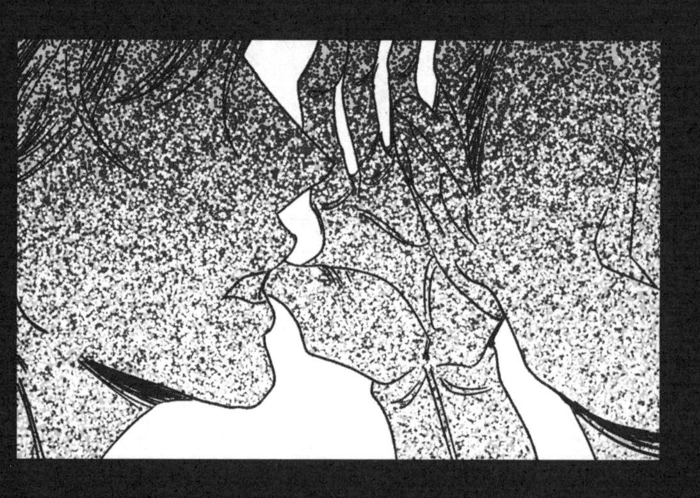

제 친자식도 제대로 안 돌보면서
무슨 생각이래?

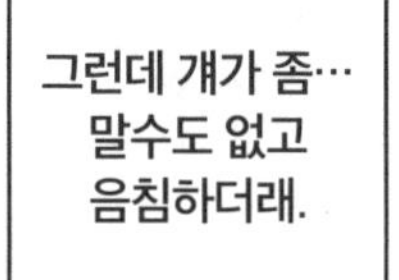
그런데 걔가 좀…
말수도 없고
음침하더래.

여자애가 그게 뭐니?
좋은 날에
지저분하게.

키만 멀대같이 커서 홀로 입양 문의도 없고,
보육원의 골칫덩이였다던데….
대체 왜 그런 애를 골라 왔대?

보여주기 식
자선사업이지 뭐!
보육원 원장이
표도르 씨에게
막대한 빚을 졌다더라.

표도르 그 영감이 글쎄,
빚을 면해주는 대신
집안일에 부려먹을 만한 아이를
달라고 했다던데?

그 집의 가정부 부부가
좀 늙긴 했지만…
미친놈이지.
사실 그게
노예 거래랑 뭐가 달라?

이봐, 원장 나리.
애가 예상보다
너무 크잖아.
음침하고
버릇도 없게
생겼군.
맘에 쏙 드네.
얘, 너 글은 읽고 쓸 줄 아니?
아니요.
하지만 빨래랑
바느질은
할 줄 알아요.
그럼 됐다.

장부는 약속대로 지워드리죠.
죄 없는 애를 팔다니,
선생도 참 지옥 가실 상이네….
저기, 표도르 씨,
그럼 그 빚은
정말….
꼬맹아, 친구들한테 인사는 다 했냐?
파샤는
좋겠다!
차 좋다.

도착하면 마르파 부인을 도와
집안일을 배우거라.
참, 내게 너와 동갑인 딸이 있단다.

'이반'이라고…
물론 넌 그 애를
아가씨라고 불러야 해.

가만, 이름부터 지어줘야겠군.
뭐가 좋을까, 꾀죄죄하니까…

*스메르쟈코프: 악취라는 뜻의 러시아어

"가엾은
스메르쟈코프!"

그러나 이 어린 가정부를
동정하던 사람들도
정작 그와 마주하면,

언제 그랬냐는 듯
입을 다물었다.

사람들이 느낀 공포의 근간은
'몰이해'였다.

어느 누구도 어린 소녀의
시커먼 눈동자 너머의 비밀을
알지 못했다.

그래,
모두에게 사랑받고
모두를 사랑하려는 알렉세이조차도.

… 어라,
아가씨?

수도원에 계셔야 할 분이
이 시간에 본가에는 어쩐 일이세요?
아,
이반 언니에게
손수건을 돌려주려고….

온 김에 자고 갈까 하는데,
내 방 청소 좀 해줄래?
아버지는 지금 어디에 계시니?

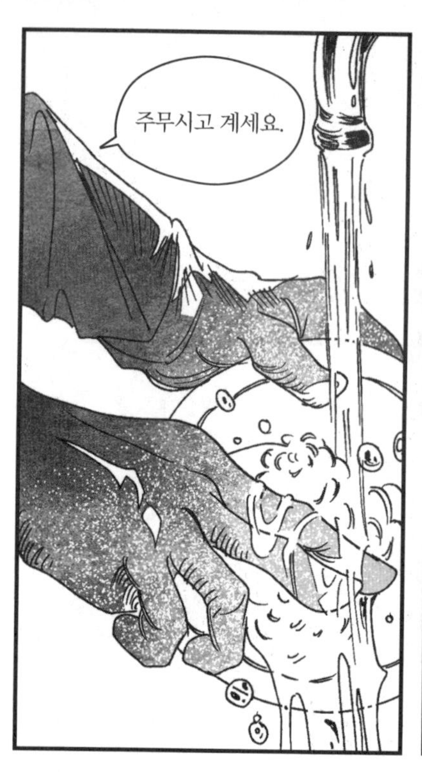
주무시고 계세요.

드미트리 아가씨에게
얻어맞은 상처는
제가 치료해 드렸죠.
쏴아아

오늘만큼은
아버지가
못되게 구셨어!

미샤 언니 앞에서 일부러
어머니 얘기를 들먹였잖아.

글쎄요.
드미트리 아가씨가 유독 그 이야기에 예민한 탓도 있죠.

… 넌 늘 우리 아버지의 편이구나.

그러는 아가씨는 지금 누구의 편을 들러 오신 거죠?
오랜만이라 잊으셨나 본데, 여긴 사장님의 집입니다.

… 나는 우리 가족 모두가
고통받지 않길
원할 뿐이야.

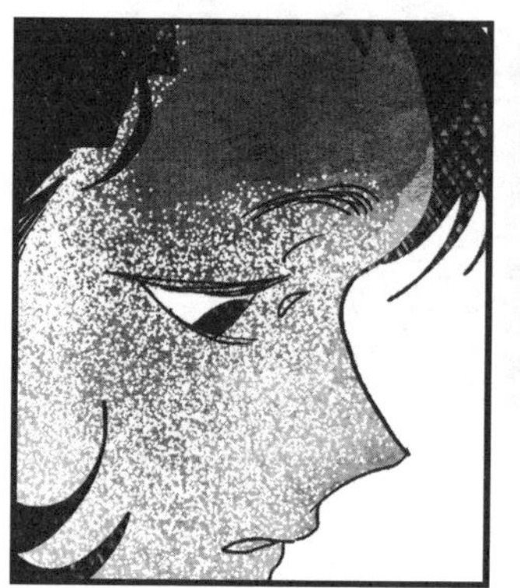

뚝

아가씨가 말하는
그 '가족'에는
저도 포함되어 있나요?

그게 무슨 뜻이니?
이웃 간에 무슨 소문이 도는지 모르시는군요.

실은 제가 표도르 사장님의 사생아일지도 모른단 말이 돌던걸요.
말도 안 돼!
예, 저도 그렇게 생각합니다만…

만약 사실이라면요?

제가 스물네 살이고 아가씨가 스무 살이니, 전 아가씨의 언니가 되는 셈이죠.

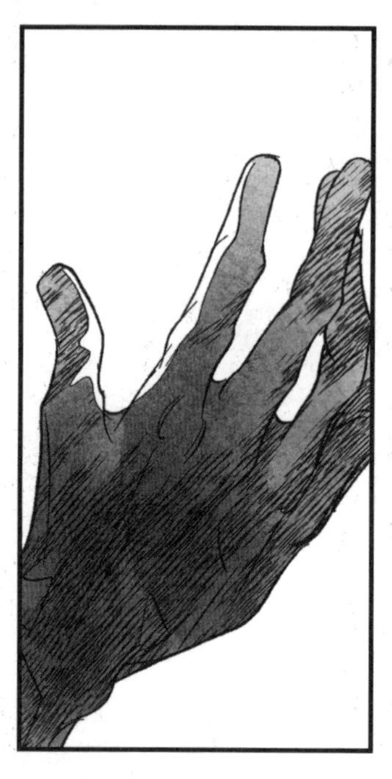

뭐,
헛소리니
안심하세요.

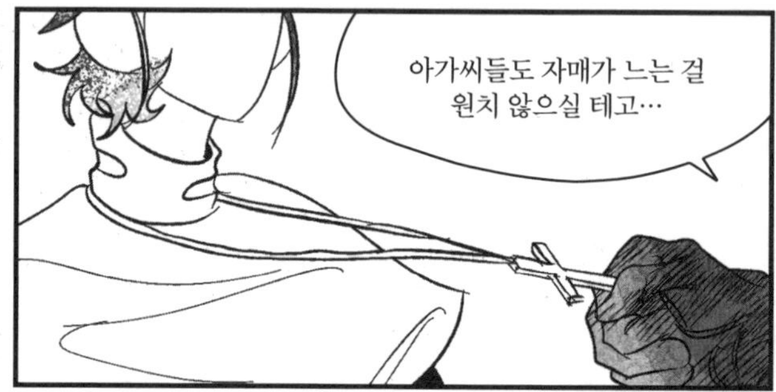
아가씨들도 자매가 느는 걸
원치 않으실 테고…

저도
당신의 언니가 되길
원치 않는답니다.

!

스메르자코프,
이 게으른 녀석!
집에 천사가
왔으면
날 깨웠어야지!

스메르ㅡ

우리 예쁜 딸!
이 아빠랑 오랜만에
가족 만찬이라도 즐기러
온 거니?

만찬이요?
그래! 저녁에
네 언니도
함께할 거란다.
아, 물론 이반 말이야.
드미트리야 당연히
불참하겠지!

하기야,
낮에 그 소동을 피워놓고
무슨 염치로 오겠니?
자, 식탁으로 가자꾸나.
자, 잠깐만요,
아버지.

만찬도 좋지만,
저는 빵과 올리브 한 접시면
충분해요….

얘야, 설마 내 집에서도
수도원에서처럼
굶겠단 거니?!
빼빼 말랐으니 그게 그거지!
그러지 말고 들거라.
스메르쟈코프 저놈이 생선 수프 하나
기가 막히게 끓인단다.
제가 굶고 다니지는
않는데요?

스메르자코프!
오늘 가족 만찬에
알료샤도 함께할 테니
서둘러라.
가족…
아까 스메르자코프는
대체 왜 그런 얘기를 꺼낸 걸까?
날 미워하나?
그 가족엔 저도 포함되나요?

그러고 보니
스메르자코프는
우리 집의 모든 것을
아는데…

우리는 스메르쟈코프에 대해
제대로 아는 것이 있나?

07
즐거운
식탁

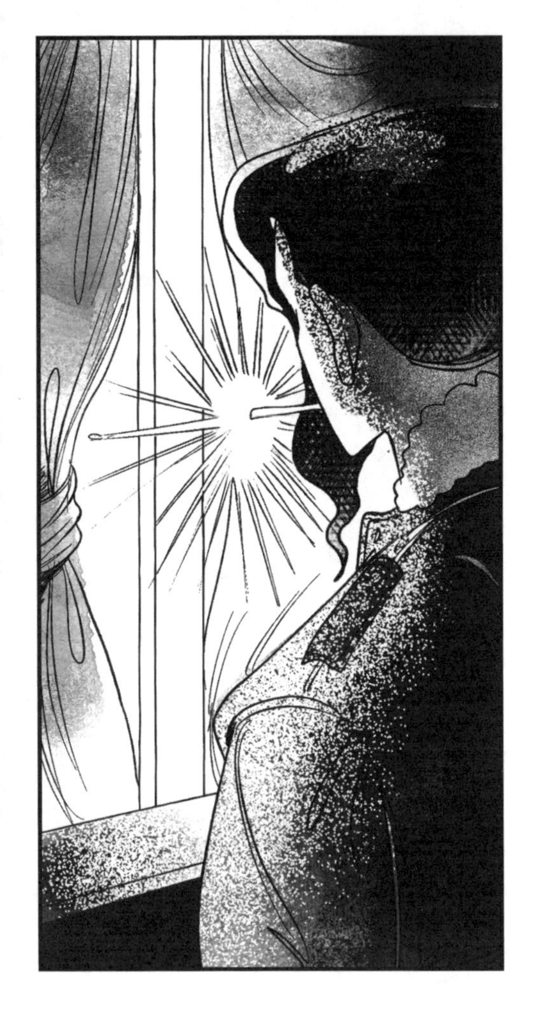

역시 스메르는
이반 언니를…

아 참!
이반 언니,
손수건 말인데….
스메르쟈코프!

네?

알료샤도 왔으니
아까 하던 헛소리를
다시 해보거라.

• • •

제 말은 요컨대, 아무리 끔찍한 범죄자라도,
설령 살인자인들! 죽기 직전에만 뉘우친다면 천국에 가지 않겠냐— 이 말입니다.

사장님!
저 악마 같은 놈이 지껄이게 두지 마십쇼!!
아무 때나 악마라고 매도하지 좀 마세요. 그 말밖에 할 줄 모르나요?

그레고리
까라마조프 가의 입주 고용인
독실한 신자이자 자매들의 양육자
어릴 때처럼 저를 때리진 못하겠으니 사장님께 이르는 꼴 하고는….

그레고리,
고작 농담인데
뭐 그리 정색해?
이놈은 어릴 때부터
성경을 비웃더니,
이제는 저희 모두를
조롱하잖습니까!
싹수가 노랗길래
매로 가르치려 했건만….

틀림없이
지옥에 떨어질
놈이에요!

그렇다면 지금 당장
회개하도록 하죠!
회개하면
용서받지 못할 죄는
없다고들 하던데—
설마 자비로운 주께서
그레고리처럼
한 입으로
두말하시겠어요?

그러면 저 같은 악당도 당연히 천국에 가겠죠?
우리 주는 너무나 자비로워서 뉘우치기만 해도 모든 죄를 용서하시니까요!

에잇, 그만들 싸우게! 이런 논쟁엔 적임자가 있지.

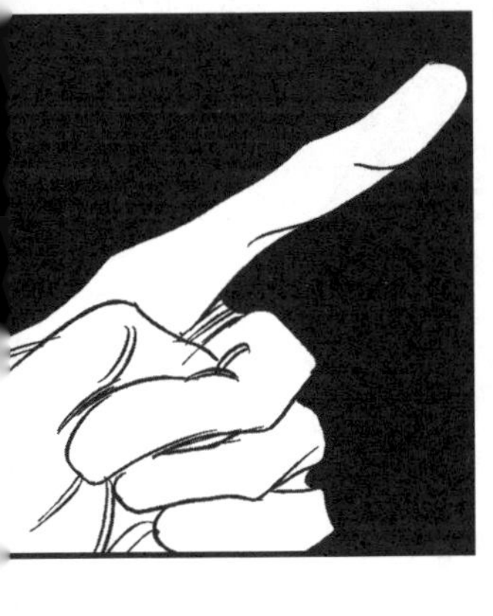

알료샤, 이 아버지에게 조시마 장로의 수제자로서 대답해 주렴.
스메르자코프가 지옥에 떨어질 것 같으냐?

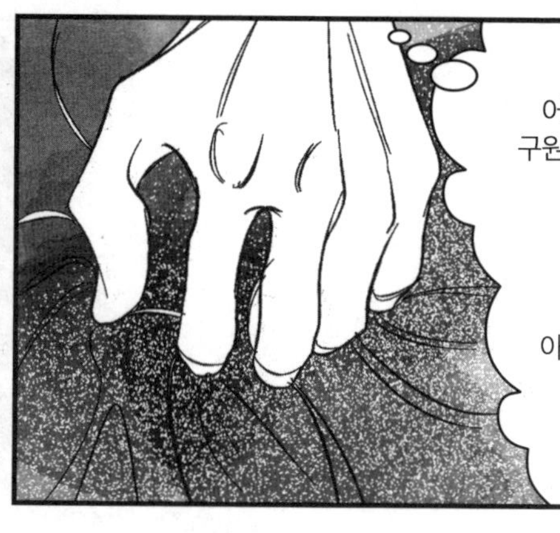
어떤 인간도 감히
구원을 판결할 권리는
없어.
아버지도 성경을 알면서
도발하는 거야.

풉!

아…
죄송합니다.
마음씨 착한
알렉세이 아가씨가
저 같은 놈을
염려해 주시니
감개무량해서….

하하!

요즘 들어 그렇다니까.
그놈은 그냥
이반, 네 관심을 끌려고
안달이 난 거야!

… 언니?

응?

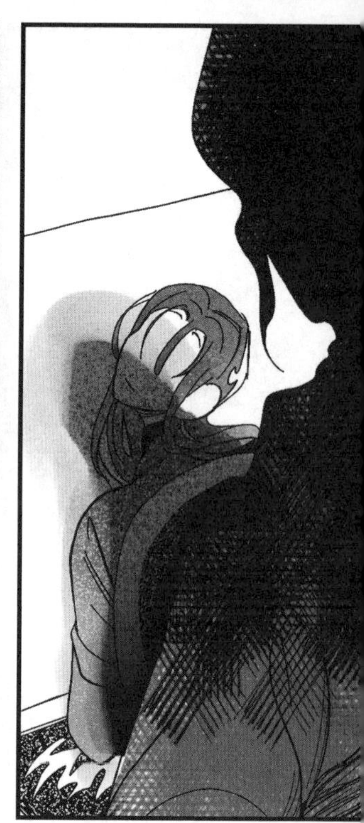

가족끼리
오붓한 시간을
방해해서 미안한데—
… 그루첸카는
어디로 빼돌렸어

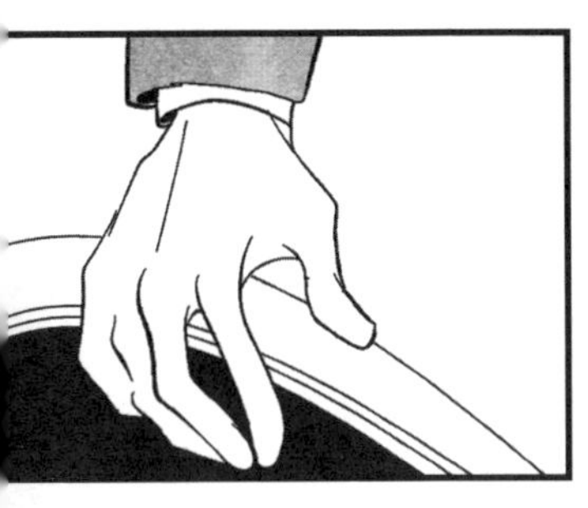

갑자기 나타나선 그루첸카라니, 무슨 소리야? 오늘 여기에 온 적도 없어.

걔 휴대폰 일정에 쓰여 있었어. 오늘 저녁에 아버지와 약속이 있다고.
내가 또라이처럼 보이는 건 아는데, 잠깐만 닥쳐봐.
뭐?
드미트리, 너 남의 휴대폰도 훔쳐보니?

왜?

그 약속은 며칠 미뤘다만, 그루첸카가 날 만나면 안 될 이유라도 있니?

그렇잖아?
사업 파트너끼리 집에서 저녁 약속 잡는 게 뭐가 대수라고.

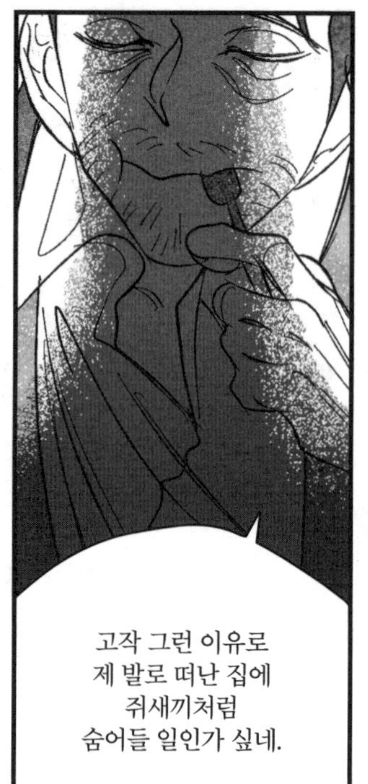
고작 그런 이유로 제 발로 떠난 집에 쥐새끼처럼 숨어들 일인가 싶네.

아하, 혹시 그 소문 때문에 염려돼서 그런 게냐?

아버지, 이제 그만—
소문이요?

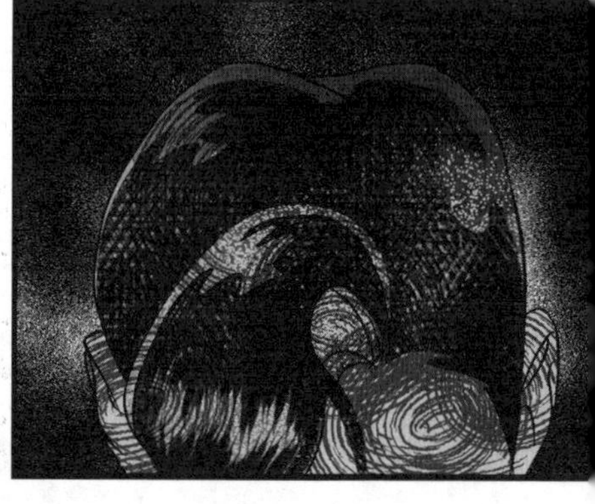

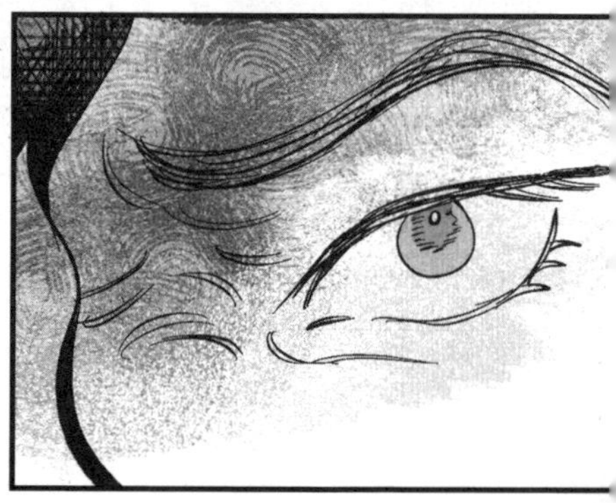

그루첸카는
돈에 미친 요부라서
남자랑도 붙어먹는다지?

언니!

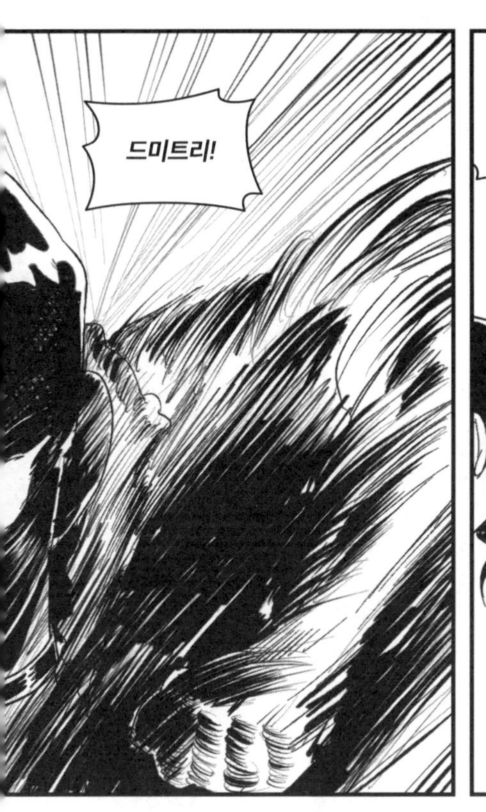
드미트리!

너 미쳤어?! 아버지를 죽일 셈이야?!
이거 놔!

저 인간은 그래도 싸!
언젠가 반드시 죽여버릴 거야!

이 멍청이가!
이렇게 아버지한테
놀아날수록 제 평판만
깎아 먹는 건데.

눈이 제대로 뒤집혔군.
누구 말려줄 사람이….

언니, 그만해.

언니 마음도 이해하지만,
우리 아버지잖아.
난 우리 가족이 다치는 건 무섭고 싫어.
행여 누가 언니를 해치려 들어도
망설임 없이 이렇게 달려들 거야.

아, 알료샤.

날 봐서라도.
응?

숨 좀 고르고.
옳지….

우리 같이 바람이나 쐬러 나갈까?
끄덕

꽈악—
에구!

어… 이반 언니.
우리 산책하고 올게.
뒷정리 못 도와서
미안.
걔 데리고 나가는 게
제일 큰 도움이야.

저 개자식을
겁 없이 통제할 수 있는 건
알료샤밖에 없단 말이지.
하기야,
개들은 천사를
따른다고들 하니까.

아가씨.

깨진 접시를 조심하세요.
제가 치우겠습니다.
아버지나 챙겨드리지
그러니?
이미 그레고리가
방으로 모시고
들어갔는걸요.

화목한 가족 만찬?

우스워 죽겠군.

참 대단하게
사이좋은 가족들이야….

SISTERS KARAMAZOV

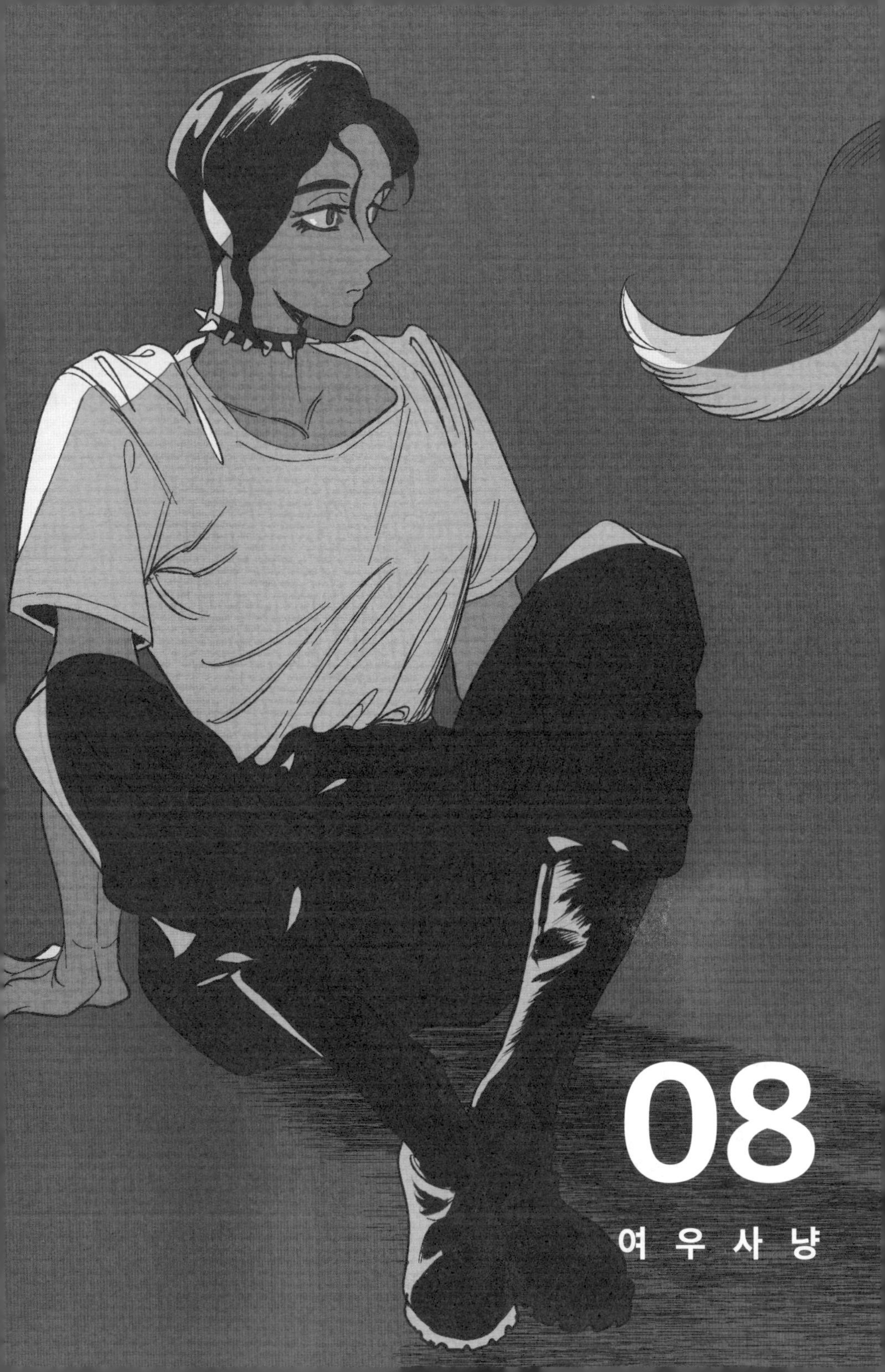
08
여우사냥

밤 산책은 오랜만이야.
언니랑 같이 걸으니까
더 좋다!

착해빠진 녀석.
응? 나?
… 왜?
모르면
됐다—

너도 내가
한심해 보이지?
어머니나
그루첸카 이야기라면
아까처럼 눈이 뒤집히니 말이야.

전혀 그렇지 않아!

나는 누군가를 그렇게 열렬히 사랑해 본 적이 없으니 오히려 대단하다고 생각하는걸!
아이 참, 왜 웃는 거야!

미안, 미안. 알료샤다운 답이라서. 그루첸카도 네 그런 점을 마음에 들어하더라.

그러고 보니 둘은 어떻게 만난 사이야?

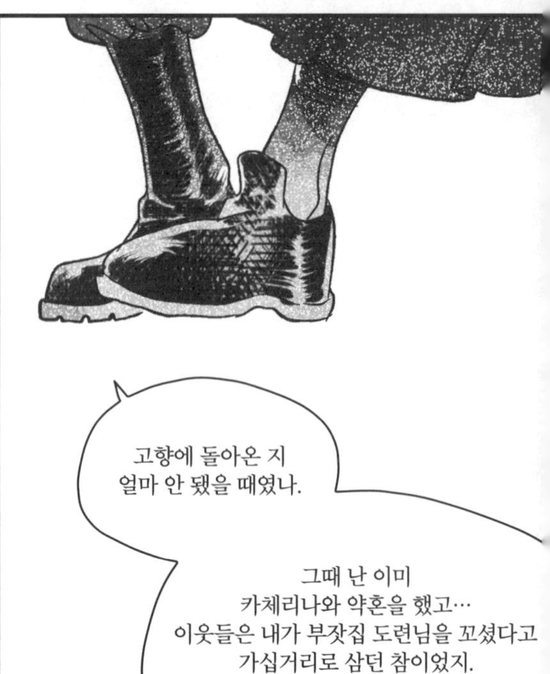

그러다 그루첸카를 만난 거야.

첫인상은 정말 끔찍했단다.

표도르의 장녀,
드미트리 양이
맞으시죠?
에, 청구권을 대신
행사하러 왔습니다.
난 빚진 게 없는데,
댁은 누구쇼?
아, 이런.
아버님이 제가 올 거라고
말해주지 않으셨나
보군요.

그루첸카 캐피털에서
담당자로 나온
스네기료프입니다.
스네기료프
그루첸카
캐피털의 직원
일류샤의 아버지
보아하니
아버님에게 상당한 빚을
지셨더군요?
당신이 빌렸던 그 돈은
아버님이 저희 회사에서
대출로 마련한 돈이랍니다.

아니, 그러니까
난 아버지한테 빚진 게 없대도 그러—
“여태 날 먹이고 입힌 걸
장부에 다 적어놨더라!”

설마 그거?
이거 사기꾼들 아니야?!
빚은 빚이죠.

어쨌거나 그루첸카 사장님이, 그렇다면 표도르 씨의 채무를 따님이 대신 갚게 하라 시키셔서….
지금 그게 말이 돼? 못 갚아, 아니 안 갚아!
그럼, 안타깝지만 법대로 가압류 절차를…
뭐 인마?!
길거리에서 웬 소란이야?
또 드미트리지, 뭐.
어!
아빠?
됐고!

말이 안 통하는군.
그루첸카인가 하는 너희 사장 놈한테 내가 직접 가서 따지지.
그놈 어디 살아?
아, 알려드릴 수 없어요!
덥석
그래?
컥,
캑.

아빠!!!
일류샤!
세상에.
아무리 그래도
노인을.
아빠를
놔주세요!!

저, 컥,
저희!
저희 막둥이가, 헉,
보고 있, 습니다.
놔주세요….

내가 왜?
몸 성하고 싶으면 묻는 말에나 답해요.
노인네만 안됐어. 미친개한테 물렸구먼.
아악!

36
36층.

문이 열립니다.

거참.
완전히 다른 세계에 사는구먼.
이게 몇 층짜리 건물이야?
전망 한번 살벌하네.
그 늙은이가
거짓말한 게 아니라면
이 집일 텐데.

똑똑
똑똑
그루첸카!
이 자식, 그새 내뺐나?

드미트리 양.

저희 직원을 폭행한 것도 모자라 어린 아들 앞에서 모욕까지 했더군요.

주먹부터 나가는
야만인과
말 섞고 싶지 않네요.
어디 그 뻔뻔한
낯짝 좀 봅시다.
사람 시켜 협박이나 하는
사채꾼 주제에
어디서 고상한 척이야!
허!

끼익—

눈이 보라색이네.
낯짝을 본 소감은 그게 다인가요?

뭐… 일단 들어와서
얘기하죠.
내게
따지러 왔다면서요.
호랑이 굴인 줄
알았더니…

아니면 나도
흠씬 때릴 건가요?

여우 굴이었군….

09

짐 승 들

정신 바짝 차리자.
어쨌거나 사기꾼 소굴이야!
말하려면
목마를 텐데,
와인 좀 마실래요?
치즈도
더 드릴까요?
끄덕

선물받은 건데
맛있죠~.
뭘 또 주는 대로
다 받아먹고 있냐?!
흥흥
일단 청구서는
미안해요.
우리가 억지를
부리긴 했죠.
!
알긴 아는구먼?
돈이 급해서요.
표도르 씨가 지금 유일한 채무자인데,
배 째라는 식으로 나오니 열받아서 그만….

뭐… 그래도 먼저 사과받으니 낫네.
직원 일은 나도 심했으니 미안해.
그러게 왜 나 같은 소시민을 건드려?
이렇게 으리으리한 곳에 살면서
무슨 돈이 급하다고.
내가 양아버지한테
협박받는 신세라면
믿어줄래요?

수작 부리지 마.
안 믿네.
내 양아버지는요.
키워준 은혜를 모두 갚으래요.
이 집도 빚,
사업 적자도 빚,
전부 내가 갚을 빚.
날 억지로 사장 자리에 앉혀놓더니
빚을 갚기 전에 튀면 경찰에 신고하겠다고
매달 상납금을 떼어가요.
… 빚쟁이가
같은 빚쟁이들을
등쳐먹는다니,
웃기죠?
아버지는 왜
날 사랑하지
않을까요?

남들이 말하길
부모는 아무 대가 없이
자식을 사랑해 준다던데.

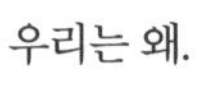

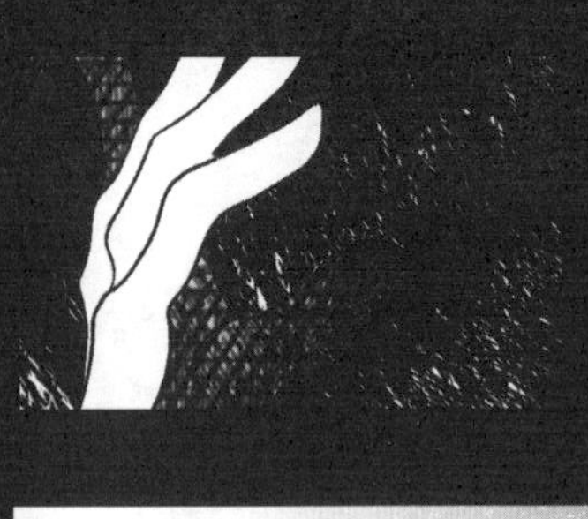

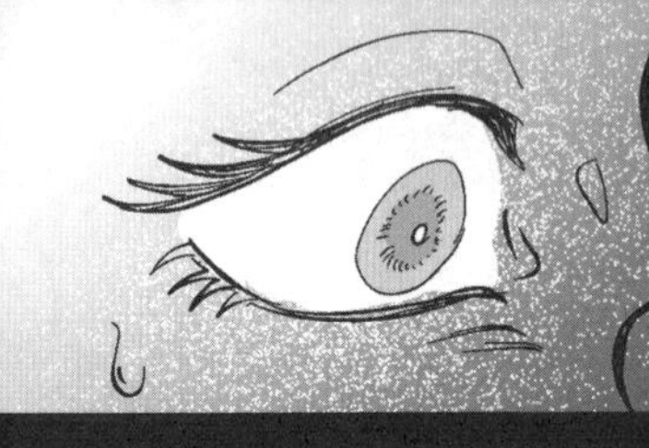

미안해요.
꿀꺽
어쩐지 당신에겐
부끄러운 이야기를
술술 말하게 되네요.
꿀꺽
젠장, 순간
나랑 너무 닮아보여서….
빚만 다 갚으면
이런 사업이고 뭐고 때려치운 다음에
폴란드로 도망갈 거예요.
내 첫사랑이
거기 출신이거든요.

흥, 보기보다
순진해 빠졌네.
칭찬 맞아요?
저기, 그렇게
쫓기듯 마시지 마요.
지금 당신,
생각보다 꽤 마신─
야.

그럼 너도 제대로 좀
살아보고 싶냐?
누가 기회만 주면
그럴 거야?
계좌 불러.
네?

그놈의 지긋지긋한 돈, 우선 내가 부쳐줄 테니까 계좌 부르라고.
그리고 어린놈이 말이야. 인생 망치기 싫으면 이딴 일에서 당장 손 떼. 어차피 너도 하기 싫다며.
아, 물론 공짜로 주는 건 아니야. 카체리나가 준 결혼 준비 비용이거든.
내가 나중에 메꿔야 된다만, 난 최대한 결혼식을 미룰 핑계가 필요하고, 넌 마침 돈이 급하다니까….

미쳤어요?
사는 게 장난이에요?
아니면 초면에 동정할 만큼
내 인생이 우스워요?
꿈뻑
꿈뻑
그런 거 아냐.
너한테 유예 기간을
주고 싶어진 거야.
넌 이런 호의에
겁먹을 만큼
살면서 뭘 받아본 적이
없는 사람이지?

네가 어떤 인간인지
알아봐야겠어.
모르는 사람을
미워할 순 없으니
…까.
스르르..
….

… 이봐요? 진짜?
이래 놓고 잔다고?

뭐…
뭐 이런…

표도르 씨한테 들은 거랑 다르잖아!

혹시
드미트리가
널 찾아오면 말야.

부모 얘기로 동정표부터 사!
걔한텐 그게 직방이야.
물러터져서 간이고 쓸개고
너한테 빼줄걸!

당신 딸한테
말이 심한데요.
걘 내 딸치곤
하자품이야.
제 엄마를 더 닮았지.
말하는 것 좀 봐.
하긴!
저런 인간이 아버지라니.
따님도 고생 좀 했겠군.
그래도 시집갈 때가 되니
쓸모는 생기더군.
걔 약혼자가 누군지 알아?

카체리나야!
그 대기업 베르호프 사의 도련님이라고!
그래서 뭐 어쩌라고요?
내가 돈을 못 갚은들 시집 잘 갈 내 딸이 대신 갚아줄 거란 말이지.
이보다 더한 담보가 어디 있어?

아까 분명
카체리나가 준 결혼 자금이라고 했지?
정말 약혼한 사이가 맞나 본데.
그렇게 대단한 부잣집 도련님이
왜 이런 이상한 여자를….
도련님의 일탈인가?

순진해서
손해나 보고…
제멋대로에…
이상하고…

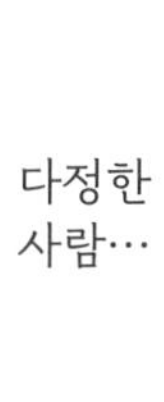
다정한
사람…

그거였네.
그래서
거슬렸군.

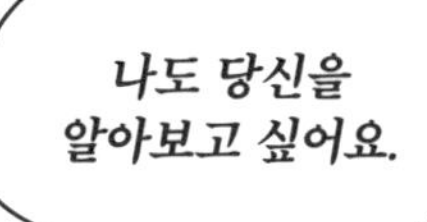
나도 당신을
알아보고 싶어요.

드미트리.

당신 말대로
모르는 사람을
미워하거나
좋아할 순 없으니까.

전부 알고 싶어요.

당신이 왜 이런 핑계를 만들면서까지
그 도련님과 결혼하기 싫어하는지.

…….

나한테 이렇게 구는 게
그저 섣부른 동정심이나
자신과 닮았다는
자기 연민 때문인지.

드미트리에게
새 메시지가
3건 도착했습니다.

너무 취하셔서
재우고 보낼게요.

오전 1:00

오전 1:03

오전 1:03

당신이랑 어지간히 결혼하기 싫은가 보던데요.
돈은 감사히 쓸게요.
잘 자요. :)

오전 1:05

이 자식 봐라.

감히 나한테
선전포고를 하네…….

SISTERS KARAMAZOV

10
채 무 자

딸깍
이제 들어오네.
어젯밤엔
어디서 잤어?

깜짝아.
일일이 보고할
이유가 있나?
난 당신 약혼자야.
내가 어디까지
배려해 줘야 돼?

당신이 결혼 전에 어디서
누구랑 관계를 갖든,
난 개의치 않으려 해.
원래 헤픈 사람인 걸
알고 만났으니까.
네 불결한 언행부터,
파혼하자는 말까지
용서해 주려 했지만…

당신의 잘난 친구들까지
날 우습게 보고 모욕하는 건
다른 문제지.

그게 무…
슨.

너무 취하셔서
재우고 보낼게요.
오전 1:00

그루첸카···

하!

하하!
애 진짜 골 때리네!
지금 이게 웃겨?
그럼
안 웃겨?
천하의 카체리나를
이만큼 열 뻗치게 만든 건
애가 처음 같은데!
아—
아니구나.
최초의 침략자는
나였지.

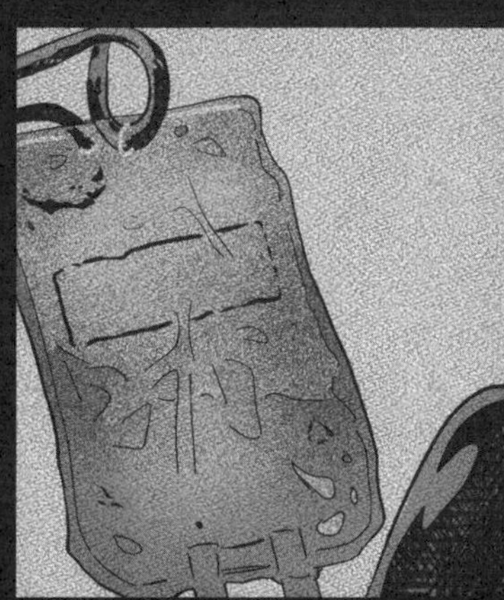
나한테 합의를 구걸하러 온 사람치곤
고개가 너무 꼿꼿하지 않나?

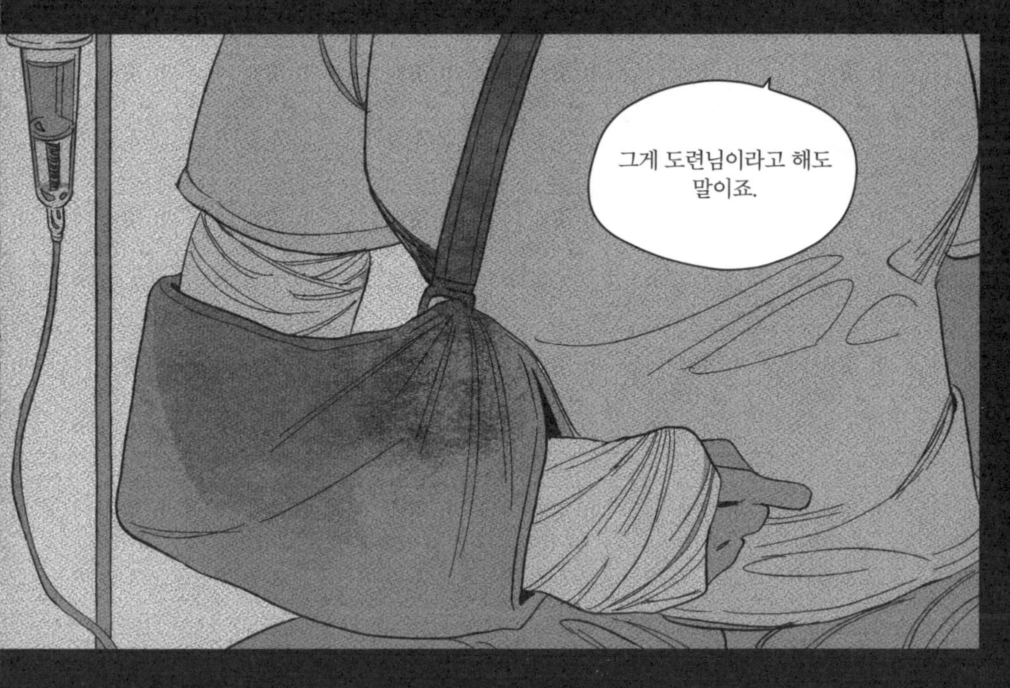
그게 도련님이라고 해도
말이죠.

음~.
젠장.
어째 빈정 상할 것 같기도 하고~.
드미트리 양, 합의금은 원하시는 만큼 드릴 테니까….
야, 됐고.
옷 벗어 봐.

농담이 지나치신….
태도가 마음에 안 들어. 사과가 진심인지 성의를 보여봐요.
뭐 해? 안 벗고.

…
카챠!
그것 봐.

당신은 날
전혀 사랑하지 않아.
그날 밤 일로
아직도 나를
끔찍하게 증오하잖아.

… 무슨 소리야.
사랑하지도 않는 이와 약혼하는 놈이 어디 있어?
내 말이 바로 그거야!!!

아, 그러니까…
넌 정말… 핵심이… 우리 문제가 뭔지 모르는구나.
나 말고 이반은 어때?
있지?
당신 여동생 얘기가 여기서 왜 나와?

모르는 척하는 거야?
난 둘이 훨씬 더
잘 어울릴 거라고 생각하는데.
아직 만난 적은 없어도
왜, 당신도 사실
개를 꽤 좋아…

…
… 아.
하하.
까라마조프 여자들은
망한 사랑만 한다더니.
….
… 문자 일은 미안해.
알아듣게 얘기할게.

나랑 싸우자마자
또 그놈을
만나러 가는 거야?
대체 그루첸카란 녀석이….
카체리나 이바노비치
베르호브체프 씨.
난 당신을 존경해.
진심이야.

그날 밤 당신이
나 같은 불한당을
찾아온 이유.
가족의 명예를
지키기 위해
희생했단 걸 알아.

당신은 썩 괜찮은 사람이야.
분명 내게 과분한 사람이 맞는데,
나랑만 있으면 이상해지잖아.

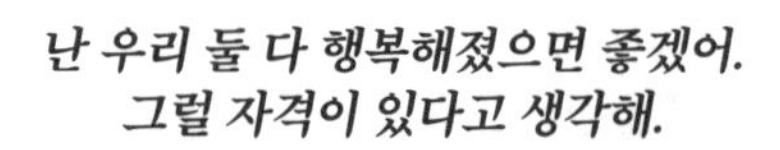
난 우리 둘 다 행복해졌으면 좋겠어.
그럴 자격이 있다고 생각해.

그런데 우리가 같이 있으면
왜 그런 미래가
도무지 안 보일까?
가볼게.

희생?

당신이 나에 대해
뭘 안다고?

SISTERS KARAMAZOV

11

사랑이고 말고요 (1)

무슨 일이길래
한숨을 다 쉬세요?

아버지.
아가씨 한 명이
내 차에 치였는데,
날 고소하겠다는구나.
별일 아니다.
사람을 쳐놓고
별일이 아니라고.
보험사에 합법적으로
맡기시면 되잖아요?

… 설마
뺑소니였어요?

나야 영락없이
죽은 줄 알았지.
CCTV 구간만 빠져나가면
신고 정도는 해줄 생각이었는데,
내 번호판을 외웠더구나.
복잡하게 되었어.

이 영감이….
너도 알다시피
우리 회사의
새 라인업 론칭이
얼마 안 남았잖니?
괜히 악의적인 기사로
잡음이 생겨봐야
좋을 게 하나 없는데….
사람 목숨은
안중에도 없군.

꿈쩍도 안 해!
오히려 돈으로 해결하려 드냐고
병실 문전에서 내쫓았다지 뭐냐.
1인실까지 잡아줬는데,
합의금이 적었나?
조용히 합의하면 될 텐데.
변호사는 보내보셨어요?

그야 그랬겠지.
아버지는
공감 능력이
없으니까.

그래서 말인데,
이 아버지가 네게
부탁이 있단다.

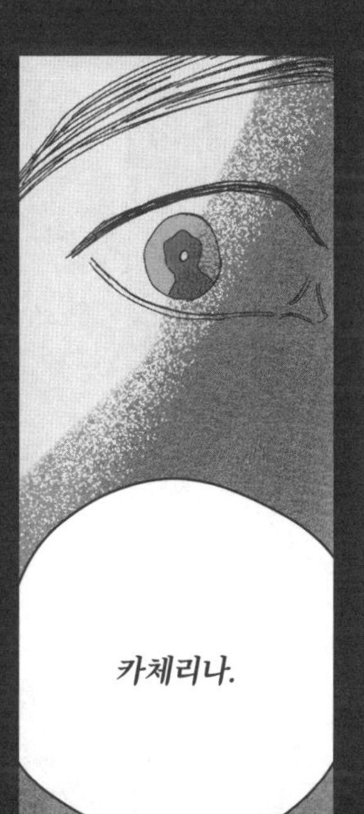
카체리나.

사업가로서는
장점일 수도 있겠지만,
아버지로서는….

네?
저는 왜….
내가 베르호프 사의
회장인 걸 알아봤거든.
그 아가씨가 널 보내면
합의를 생각해 보겠대.
잘됐지?
정말 사과하고 싶다면
외동아들이라도 보내는
성의를 보이란 거지.
무슨 꼴을
당할 줄 알고?
아버지,
아무래도 그건 좀….
이것도
못해?

네 알량한 자존심이
물려받을 내 회사보다 귀하니?
애처럼 굴지 마.

카챠,
너 계산 잘해.
주춤
응?

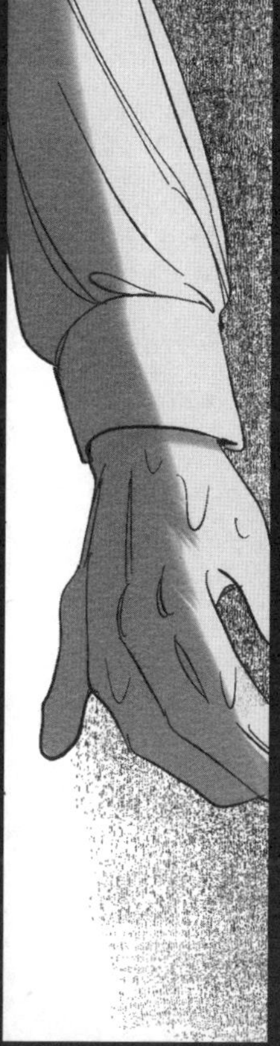

마,
만나러 가볼게요,
아버지.
저한테 맡기세요.

그래야지.
병실 주소를 적어주마.

참, 대학교는
잘 다니고 있니?

아버지는 매사에 이런 식이야.
내가 아무리 노력해도
나한테 관심도 없으면서.

자식으로서 쓸모 있을 때나
쳐다봐 주지.
지겨워.

다 지겨워!

하지만 이따위 인정에 목을 매는 나는 뭐지.

405

Dmitri F. Karamazov

이것도
못해?

못 벗겠지?
네 아빠가
죽일 뻔한 사람 앞에서도
자존심은 세우고 싶어?
뻔하지.
부자 새끼들이란.

그나저나 진짜 찾아올 줄은 몰랐는데.
제 실수에 자식까지 팔아먹는 회장도
참 독하다.

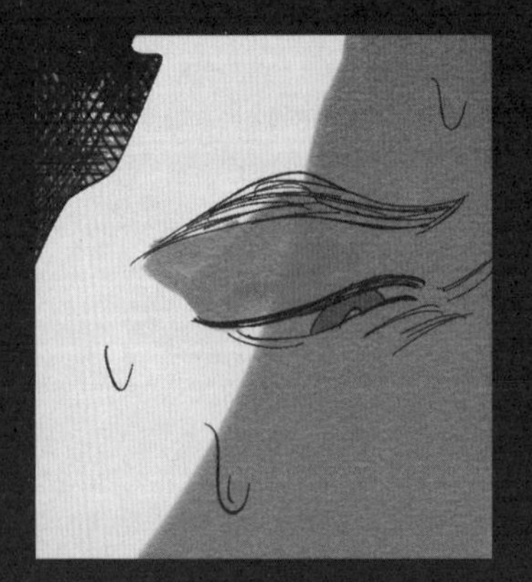

네 알량한 자존심이
내 회사보다 귀하니?
애처럼 굴지 마.
카챠, 너 계산 잘해.

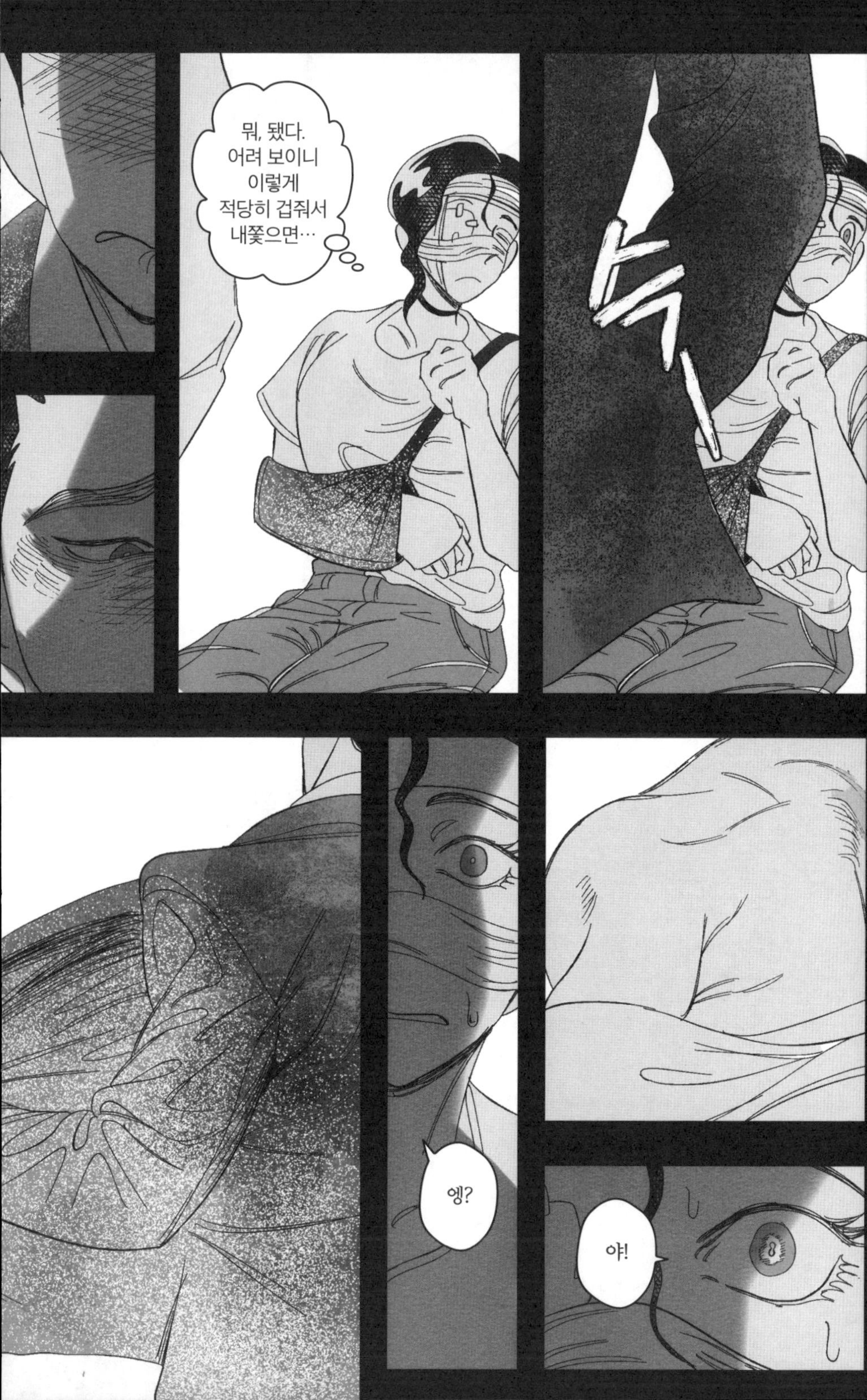
뭐, 됐다.
어려 보이니
이렇게
적당히 겁줘서
내쫓으면…
엥?
야!

바, 바지도 벗어야
되나요….

얘가, 얘가, 미쳤나 봐!
어딜 진짜 훌러덩 벗어!!!
찰싹!
하지만
벗으라고
시킨 건….
나야 겁줘서 쫓으려고
괜히 으름장 놓은 거지!
그걸 하란다고 진짜 하니?
너 시킨다고 다 하는 애야?
화악
아….

실례했습니다.
제가 바보 같은 실수를….
아이고,
진짜 애네.
드, 드미트리 양에 대해
오면서 좀 알아봤는데.
아무하고나 침대에서 뒹구는
난봉꾼이란 소문을 들어서.
당연히 저도 그 뜻으로
부르신 줄 알고….
오잉
내 평판 한번
끝내주네.
저, 무슨 수를 써서든
해결하려고 온 겁니다.

이대로 합의 약속을 못 받고 돌아가면
아버지가 실망하세요.
드미트리 양이 원하는 만큼
제게 마음껏 화풀이를 해도 되니까….
우는 애를 데리고
뭘 하겠니?
네 아빠랑 합의해 줄 테니
건방진 소리 말고 이만 나가 봐.

……. … 정말요?
그래. 네가 뭘 죄겠냐? 옷이나 입고 가거라.
아버지를 그렇게나 좋아하면서 살면 보람이 좀 있니?
제가 언제 좋아한다고 말했던가요?

내 말은,
부모를 위해서
살지 말라고.
네가
하고 싶은 대로 해.
으쓱
그냥 한번 같이 잤으면,
당신한테 이런 참견은
안 들었겠죠?

흠.

말하는 거 보면
한 성깔 하는 것 같은데
힘들게 사네.

젊은 남자애들만 보면
신병들이 생각나서
괜히 참견하게 된단 말이지.
군대 뜬 지가 언젠데….

어차피 다시 만날 일도 없을 텐데, 뭐…….

9
30
퇴원

뭐라고?

퇴원 기념으로
저랑 데이트하자고요.

SISTERS KARAMAZOV

12

사랑이고 말고요 (2)

너 무슨
스톡홀름 증후군,
그런 거니?
제정신인데요.
내 말은, 카체리나,
네가 내 어딜 보고 반했는지도
도저히 모르겠고…
어머, 이 와인
진짜 괜찮네.
어떻게 스타워즈를
안 보고 자랐냐?
전 해리포터
세대라서.

NEW RECORD

너 닮았다.

내가 이렇게
하찮게 생겼어요?

드미트리.

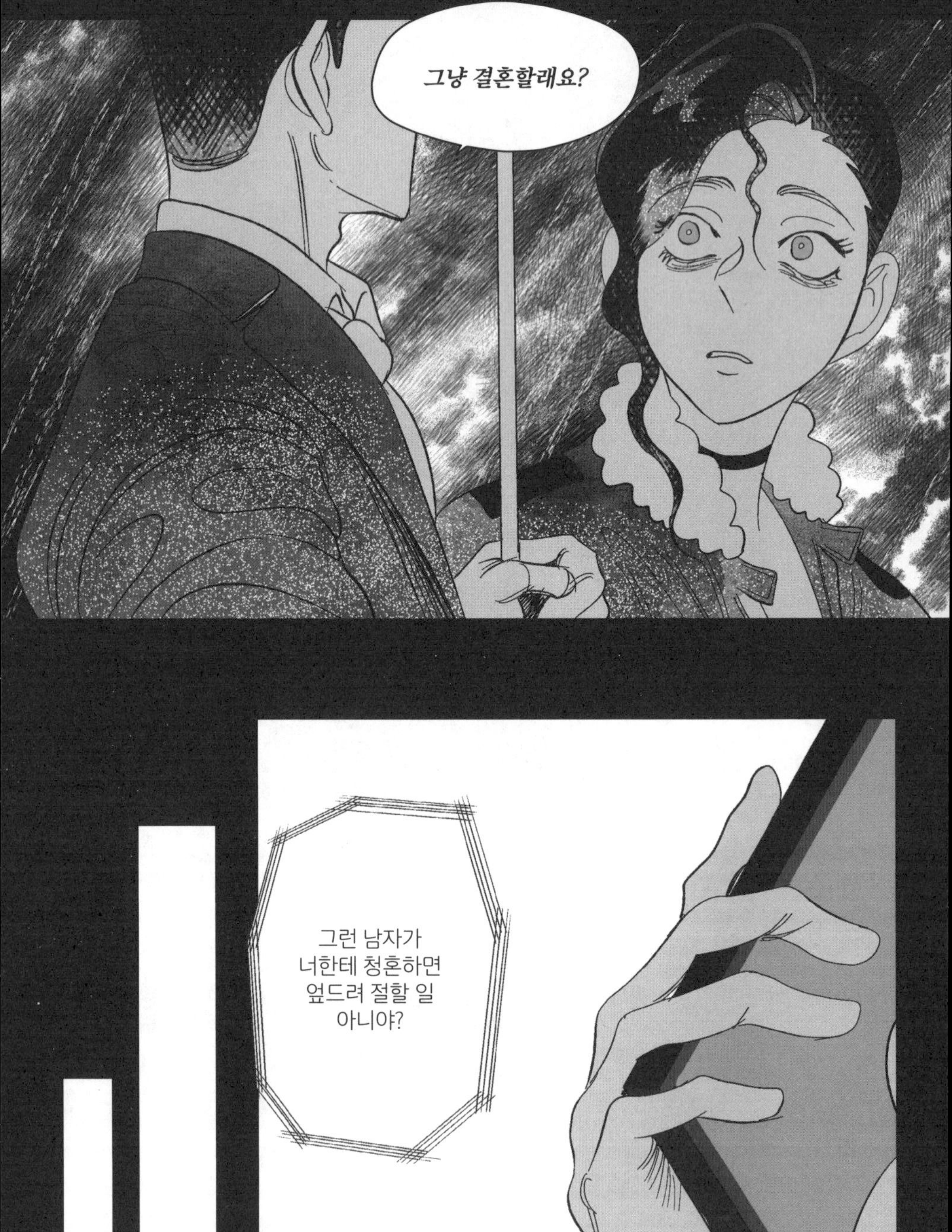
그냥 결혼할래요?
그런 남자가 너한테 청혼하면 엎드려 절할 일 아니야?

그렇게 간단하지 않…
아니, 그보다
넌 네 언니한테
'너'가 뭐냐?

하는 짓이 언니다워야 말이지.
칼럼 마감하느라 바빠 죽겠는데
네 연애 상담까지 해주는
내 입장을 생각해 봐.
비꼬지 마.
난 심각하다고!

뭐… 만난 지 고작 일곱 번 만에
청혼이라니 수상하긴 하다.
내 말이!
걔 미친 거 아니니?!
애초에 너한테 반했단 걸 보면
정상은 아니지.

하하….
미쳤다고 욕하면서
아직까지 거절 안 하고 있는 걸 보면,
너도 마음이 좀 있나 보다?
죽을래?

앤 꼭 이상한 구석에서
애정 결핍인 티를 낸담.
신경 쓰이게.
… 나 같은 인간을
좋아해 준다잖아.
진지하게 고려해 봐.
어쩌면 너한테도
기회일걸?

넌 돈이 절실한데 그 사람은 마침 베르호프 사의 상속자라며.
걔랑 결혼하면 아버지랑 네 지긋지긋한 유산 싸움 따위 아무래도 상관없어지는 거 아냐?
하지만 내가 걔를 사랑하지 않는데?
… 너 말이야, 가끔 복에 겨운 소리를 하는데, 내가 너라면 집이랑 연 끊을 이런 절호의 기회는 안 놓쳐.
사랑해서 결혼하면 행복할 것 같아? 네 어머니도 내 어머니도 그 사랑 때문에 망했어.

… 일부러 못되게 말하긴.
이반, 네 일 아니라고
쉬운가 본데
나중에
사랑 때문에 울고불고하면
도와주나 봐라!

내가 너야?
그럴 일 없네요—

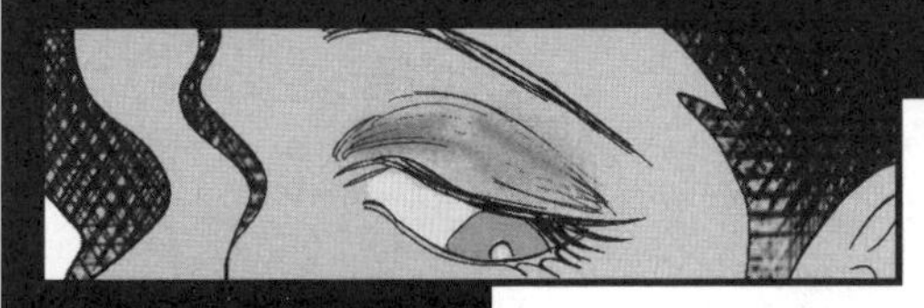

얄밉게 말하긴 했어도
이반의 조언이 딱히 틀린 건 아니야.

내가 이런 기회를
언제 얻겠어?
무엇보다
카체리나는 근사해.

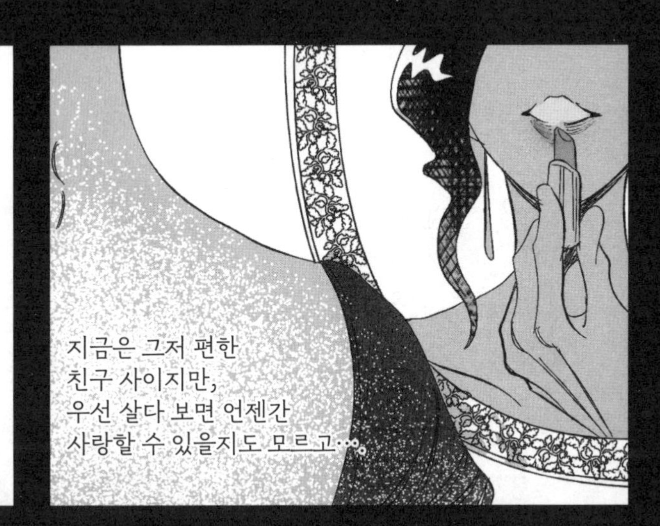

아아- 결국 나 편하자고
이렇게 약혼까지 이용해 먹는군.

이래서야
그토록 증오하는 아버지와
다를 게 없네.

오늘의 나,
정말 추해 보인다.

… 이러면 못써.
약혼식인데
웃고 다녀야지.
카챠, 네 약혼녀 말이야.
솔직히 수준 떨어지지 않아?
카체리나의
지인들이군.
미모야 뛰어난데,
소문으로는 성격이….
팍
어디 마음껏 떠들어 봐라.
카체리나는
날 사랑한다고 했어.
야,
드미트리 양한테
함부로 말하지 마.
그것 봐.

어머니가 어릴 때
집을 나가시는 바람에
외로워서 방황한 거야!
알고 보면 가엾은 여자라고.
내가 많이 챙겨주면서
바꾸면 그만이야.

아, 드미트리!
맙소사, 오늘 정말 예뻐요. 못 알아볼 뻔했지 뭐야.
평소에도 낡아빠진 군복 대신 이렇게 입고 다니면 좋을 텐데.

그 이후
약혼식에서
내가
대체 무슨 말에
그렇게
웃고 다녔더라?
아.
이번만큼은 정말
사랑받을 줄 알았니?
순진하긴!
넌 재한테 그냥
불쌍한 야생동물이야.

저 남자는
네가 이딴 인간이란 걸
못 받아들인다고.
누가 누굴 이용해?
네가 카체리나를?
아니야.
너도 이제 알잖아.

카체리나는 나를 이용할 거야.
소문난 야만인을 길들인 조련사가 되려고…….

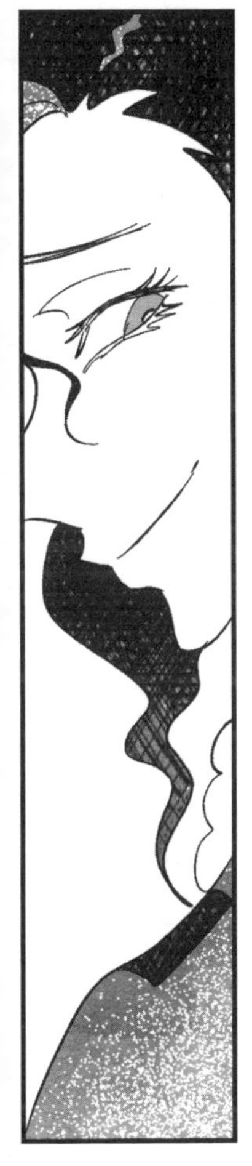

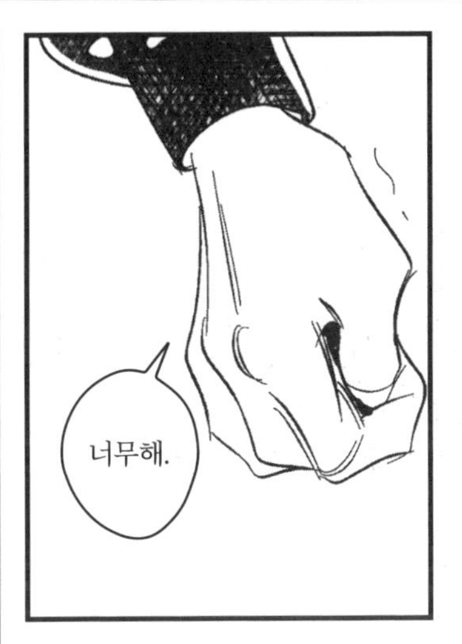

언니에게
상처를 줬잖아!

나는 그것도
모르고….

알료샤.

카체리나는 존경할 만한 사람이야.
그저 나와 좀 안 맞는 것뿐이지.
하지만 언니가
그런 대접을 받았다니
속상해 못 견디겠어.

넌 사람들이 성경처럼
선과 악으로
딱딱 구분된다
생각하니?

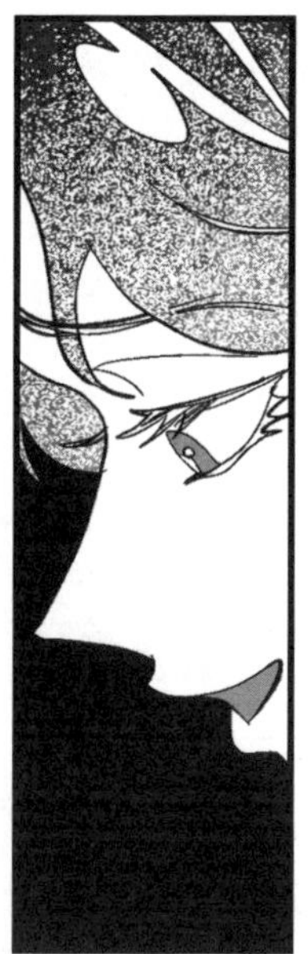

말 그대로야.
단지 나는 가장 아래 칸에,
언니는 조금 더 위 칸에 있을 뿐
결국은 우리 모두 마찬가지야.

한번 발을 걸치면 언젠가는,

언젠가는 반드시 맨 위까지
올라가게 되고 말 테니까.

흡!

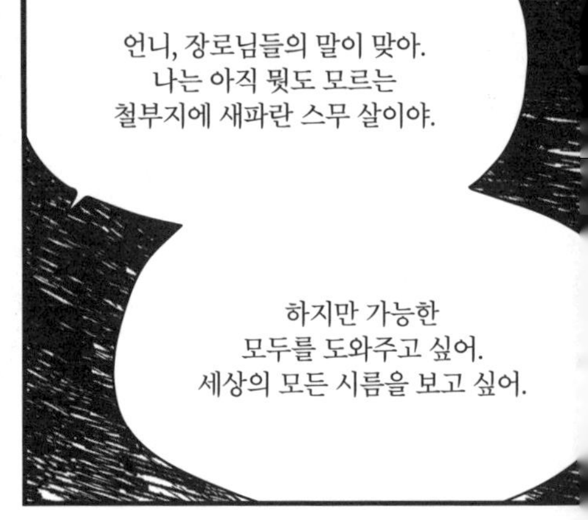
언니, 장로님들의 말이 맞아.
나는 아직 뭣도 모르는
철부지에 새파란 스무 살이야.
하지만 가능한
모두를 도와주고 싶어.
세상의 모든 시름을 보고 싶어.

그러니까 미챠 언니도
자꾸 나한테 선 긋고
도망 다니지 마!
까라마조프의
저주 따위
알 게 뭐야!

같이 노력해서
덜 끔찍해지자.

윤석이 이 언니 앞에서
감히 멋진 말로 잘난 척을 해?
어? 내가 언제!

항복! 항복!
우악, 언니!
우웅

새 메시지가 1건
왔습니다.

알료샤 양,
카체리나입니다.

지난번 대접한 식사 자리에서 금방 일어나신 걸 보니,
아무래도 입맛에 맞지 않았던 것 같아
마음이 쓰이네요.

내일 저녁
저희 집으로 초대해도 될까요?

다른 손님도 있어요.
분명 즐거울 겁니다.

13

삼 자 대 면

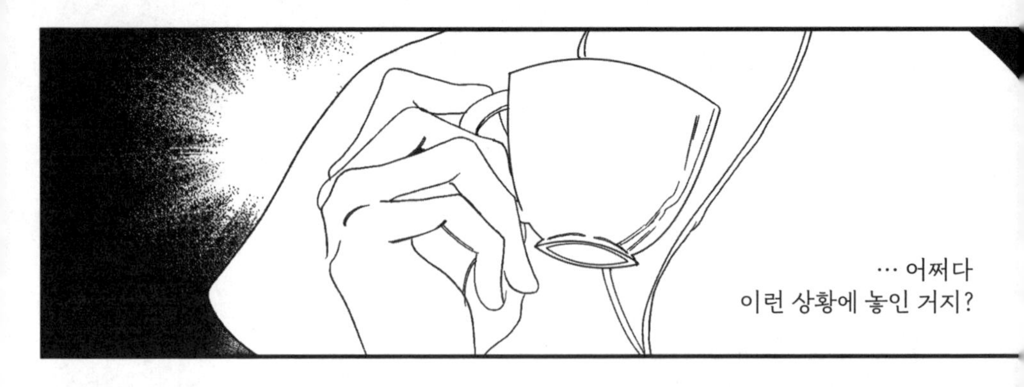
… 어쩌다
이런 상황에 놓인 거지?

흘끔..

진짜 안 돼요?
언니와 불륜 중인 연인과

안 된대도요.
언니의 약혼자가

한 장소에 친근하게 있다니….

응? 드미트리의 불륜 때문에
처음 만난 사이인데요?
죄송합니다!

알료샤,
이 자비로운 도련님이
절 먼저 초대해 주셨답니다.
배포가 참
남다른 분이시죠?

우웩~
남자들끼리
대화가 통할 거라
생각했거든요.

카체리나 씨는
이런… 점이
특이하단 말이야.

정말로 자기가 세상의 모든 사람을 설득할 수 있다고 믿는다면,
그보다 더한 오만이 어디 있을까.

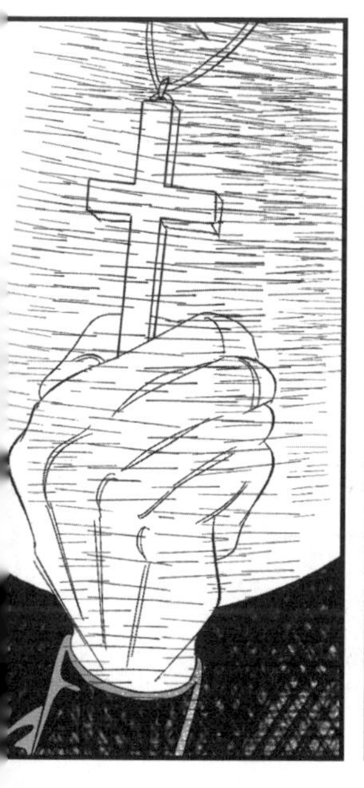

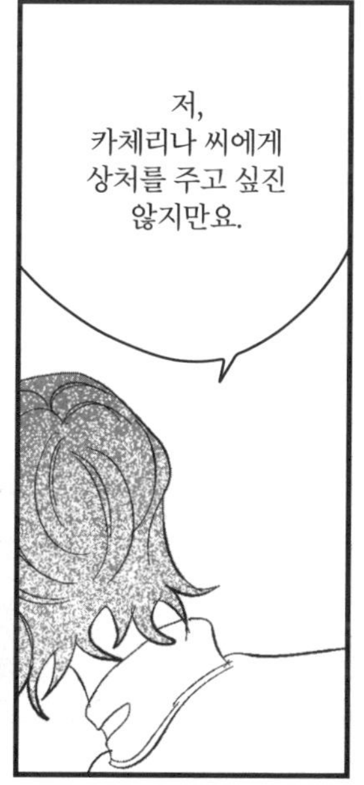

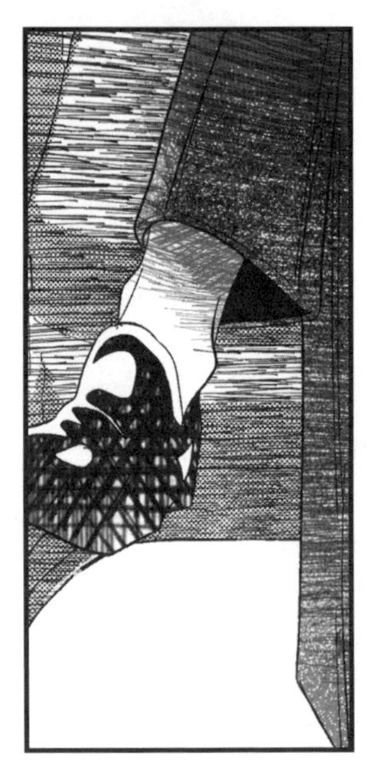

그래서요?

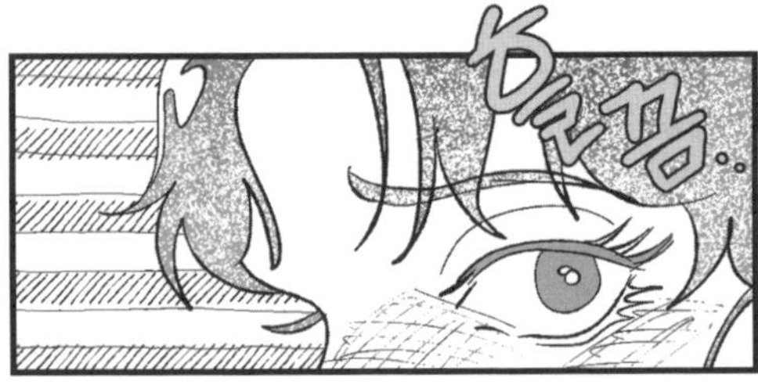
힐끔..

?

어, 언니는
결혼은 정말로 사랑하는 사람끼리 하는 거니까.
그루첸카 씨와 결혼하고 싶어 한단 말이에요….

아니,
그렇겐 못 해요.
푸흐흐….
푸,
그루첸카 씨가
드미트리를
거절할 테니까요.

그루첸카 씨는
따로 좋아하는 사람이
있어요!

이야기를 듣자니
어찌나 절절한
첫사랑이던지!

비록 더럽고 몰상식한
사채업자 같아 보여도,

실은 대단히
상냥하고 고결한 마음씨를
지녔던 거죠.

아, 제가 더럽고 몰상식할 거라 생각했다는 말인가요?

햐

그럴 리가요!

만나 보니 얼마나 천사 같은 분인지 알겠어요. 자, 이렇게…
쪼옥
이런.
부끄럽게 증명하지 마세요. 알료샤 양이 쳐다보잖아요.

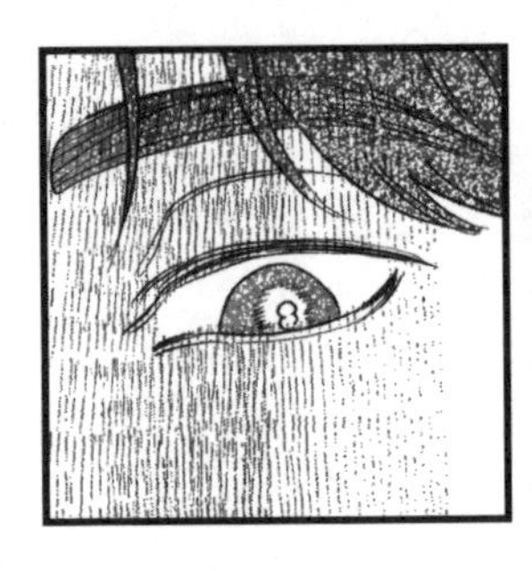

팍

드미트리가
절 그렇게나
좋아한다고요….

지금 와서
그녀의 마음이
무슨 상관인가요?

우린 사실 연적이
아니었고,

이제 당신은 갖고 놀던
드미트리를 놓아주고
첫사랑에게 갈 텐데…….

후욱

어라,
난 그런 말
한 적 없는데.

… 아까와 말이
다르잖아요.
내가 좀
변덕스러워서.

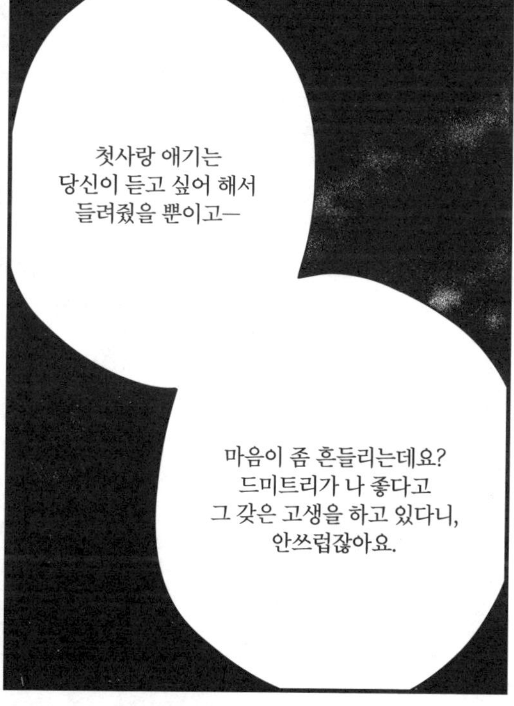
첫사랑 얘기는
당신이 듣고 싶어 해서
들려줬을 뿐이고—
마음이 좀 흔들리는데요?
드미트리가 나 좋다고
그 갖은 고생을 하고 있다니,
안쓰럽잖아요.

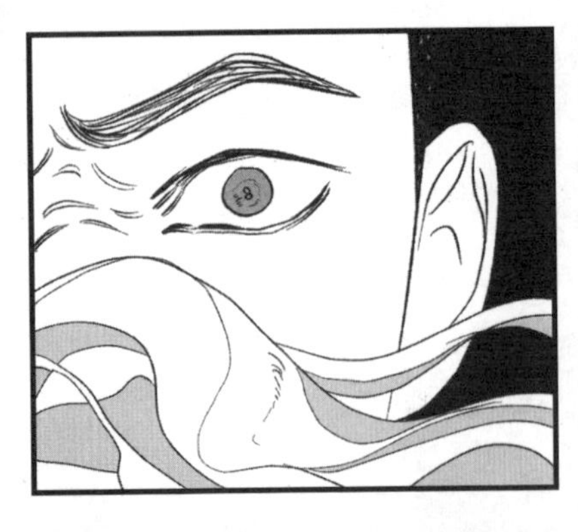

저요?
에헤이, 속은 건 여기
알료샤 양이죠.

… 날
속였군요!

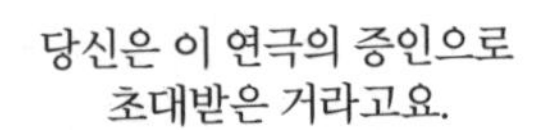
당신은 이 연극의 증인으로
초대받은 거라고요.

그야 드미트리는
알료샤 양의 말이라면
철석같이 믿잖아요?
그런 알료샤 양이
카체리나 씨의 각본대로
'제 진정한 사랑은 따로 있다'는 말을
드미트리에게 전했다면?

아!
그랬다면 언니는 분명,
그루첸카 씨를 포기하고
허탈감에 카체리나 씨와
결혼했을 거예요…!

정답!
이야, 알료샤 양.
정말 똑똑한데요?

…… 이,

주제도 모르는
더러운 여우 주제에,
감히….

이거 하나는 기억하세요,
도련님.
치이익

오늘 당신은
그 더러운 나한테
입을 맞췄고,
난
당신한테
입을 맞추지
않았답니다.

꿀꺽

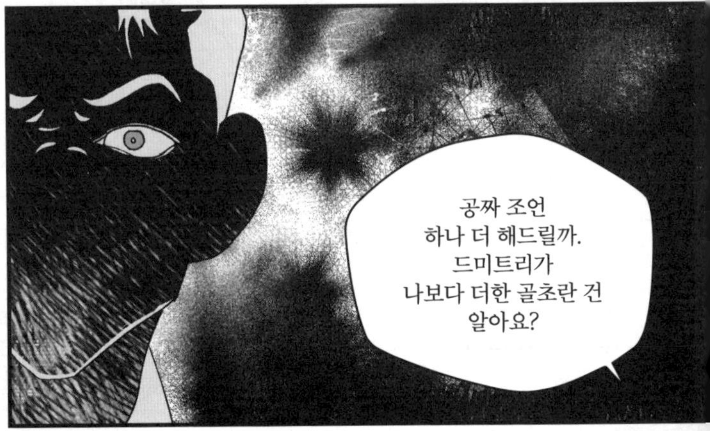
공짜 조언
하나 더 해드릴까.
드미트리가
나보다 더한 골초란 건
알아요?

그런데 둘이 같이 지내는 집이
금연 구역이라니—

뭐, 알 만하네—
그만!

지금 일부러 시비 걸고 있죠?

아가씨, 우린 같은 편 아니었나요?

아니요!
의도가 어떻든 못된 말로 남을 괴롭히는 사람은 질색이에요! 나가주세요!

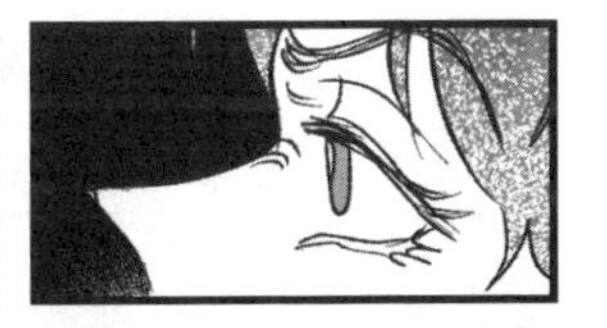

… 하여튼 무서운 수녀님이라니까.

드미트리가
왜 쩔쩔매는지 알겠군.
이런 아가씨라면
누구든 절대
미움받고 싶지 않을 거야.

불한당은 이만 퇴장해 드릴 테니
상처받은 도련님이나
잘 달래주세요.
예, 예.
홱

분해 미치겠어요!

카체리나 씨!

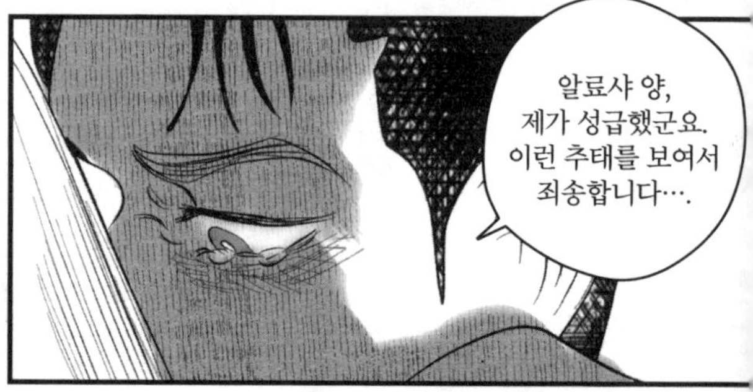
알료샤 양,
제가 성급했군요.
이런 추태를 보여서
죄송합니다….

얼마나 분하면 이럴까?
어찌 됐건
눈앞에서 사람이 우니
마음이 너무 안 좋아.

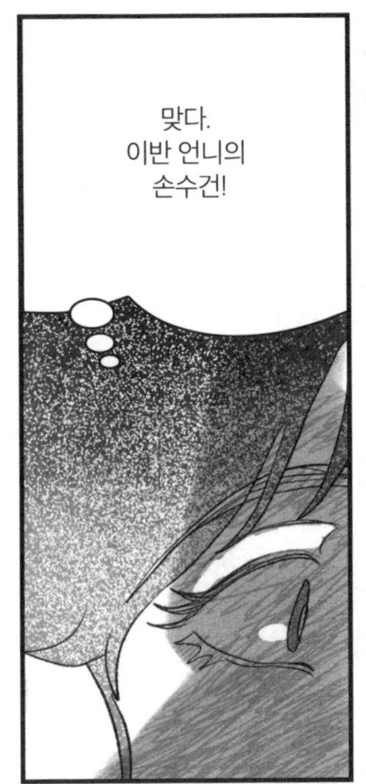

이건
이반 양의
손수건 아닌가요?
모를 수 없죠.
아, 맞아요!
어떻게 아셨죠?

제가 이반 양에게
선물했던 것이니까.

무척 아끼네? 언니에게 소중한 손수건인가 봐.

언니가 사랑하는 사람이
선물해 줬거든.

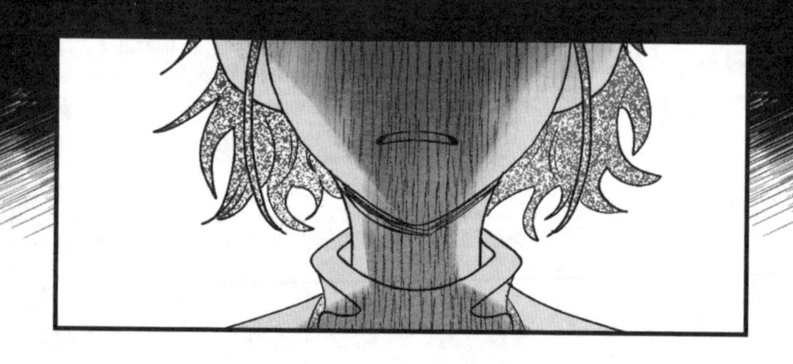

이반 언니…!

대체 어쩌자고…!

< 2권에서 계속 >

1
The Sisters Karamazov
까라마조프의 자매들

1판 1쇄 인쇄 2022년 7월 18일
1판 1쇄 발행 2022년 8월 15일

지은이 정원사
펴낸이 김영곤
펴낸곳 ㈜북이십일 아르테팝

융합1본부장 문영 **기획개발** 변기석 신세빈 김시은 **표지·본문 디자인** 정은혜
아동마케팅영업본부장 변유경 **아동마케팅팀** 김영남 최예슬 황혜선 이규림 | 이해림
아동영업1팀 이도경 오다은 김소연 **아동영업2팀** 한충희 강경남 오은희
제작 이영민 권경민

출판등록 2000년 5월 6일 제 406-2003-061호
주소 (우 10881) 경기도 파주시 문발동 회동길 201
연락처 031-955-2100(대표) 031-955-2715(기획개발)
팩스 031-955-2177
홈페이지 www.book21.com

ISBN 978-89-509-0968-0 04810
978-89-509-0703-7 (세트)

*책값은 뒤표지에 있습니다.